Absent in the Spring

幸福假面

〔英〕阿加莎·克里斯蒂 著　黄芳田 译

人民文学出版社
PEOPLE'S LITERATURE PUBLISHING HOUSE

著作权合同登记号 图字 01-2016-8669

图书在版编目(CIP)数据

幸福假面/(英)阿加莎·克里斯蒂著;黄芳田译.
—北京:人民文学出版社,2018
(阿加莎·克里斯蒂爱情小说系列)
ISBN 978-7-02-013678-0

Ⅰ.①幸… Ⅱ.①阿… ②黄… Ⅲ.①长篇小说-英国-现代 Ⅳ.①I561.45

Absent in the Spring

Agatha Christie, a Mary Westmacott novel.

责任编辑 **甘 慧 杜玉花**
装帧设计 **汪佳诗**
封面绘画 **刘跑跑**

出版发行 **人民文学出版社**
社　　址 **北京市朝内大街 166 号**
邮政编码 **100705**
网　　址 **http://www.rw-cn.com**

印　　制 **上海盛通时代印刷有限公司**
经　　销 **全国新华书店等**

字　　数 **139 千字**
开　　本 **890 毫米×1240 毫米 1/32**
印　　张 **7.25**
版　　次 **2017 年 1 月北京第 1 版**
印　　次 **2018 年 7 月第 1 次印刷**

书　　号 **978-7-02-013678-0**
定　　价 **49.80 元**

目录

特别收录

春天里，我曾不在你身边……

第一章

琼·斯丘达莫尔朝昏暗的招待所餐厅里窥探时，眯起了眼睛，因为她有点近视。

肯定是，不，不是。我认为是，那是布兰奇·哈格德。

多奇怪啊，竟然在这么偏远的地方遇到将近十五年没见的老同学！琼刚发现时很高兴，她是个天生爱交际的女人，遇到朋友和熟人时总是很开心。

然而接着她暗想，真可怜，布兰奇变得多惨，看起来比实际年龄老很多，真的老很多。说起来，她应该还没满……嗯，四十八岁吧？

这么想之后，琼很自然地想要瞧瞧自己的外表。刚巧餐桌旁挂了一面镜子，多方便啊。见到镜子里的自己，她的心情更好了。

说真的，琼心想，我打扮得很得体。

她见到的是个苗条的中年妇女，脸上出奇的没有一丝皱纹，一头棕发几乎不见银丝，有一双讨人喜欢的蓝眼睛，以及总是带着喜悦笑意的嘴。她穿着整洁帅气的旅行大衣和裙子，带了个颇大的包，里面装了旅行用品。

琼正从巴格达经由陆路返回伦敦途中。前一晚她搭火车从巴格达来到这里，预定今晚在这家铁路局招待所过夜，第二天早上再继续上路。

她急忙从英国赶来的原因，是因为小女儿突然病了，她知道女婿威廉应付不来，要是没有人好好帮忙打理，家里一定乱成一团。

噢，现在都没事了，她接手后，把一切安排妥当，无论是小宝宝、威廉或芭芭拉的疗养，每件事都安排好了，而且也顺利进行。谢天谢地，琼心想，我一向都是个有见识的女人。威廉和芭芭拉都满心感激，竭力挽留她，叫她不要急着回去，她虽然满脸堆笑地回绝了，却暗中叹气，因为要替罗德尼想想——可怜的老伴罗德尼，被成堆的工作困在克雷敏斯特，家里除了用人之外，没有人照顾他的生活起居。

“何况，”琼说，“用人能做什么呢？”

“母亲，你的用人永远都是十全十美的，因为有你盯着他们！”

她笑了起来，不过心里确实是很高兴，因为说到底，人还是喜欢受到赞赏的。以前她偶尔还觉得家人有点太把家中的井然有序以及她的照顾和贡献视为理所当然了呢！

她倒不是真的要批评什么。托尼、埃夫丽尔和芭芭拉都是讨人喜欢的孩子，她和罗德尼大有理由为儿女的好教养和成就感到自豪。

托尼在罗得西亚[①]栽种橙。埃夫丽尔有段时期曾让父母很操心，但之后已经定下来，嫁给了一名风度翩翩又富有的证券经纪商。芭芭拉的丈夫则在伊拉克的公共工程部有份好工作。

他们都是长得好看、健康，又有礼貌的孩子。琼觉得她和罗德尼真的很幸运——私下里她认为身为父母的他们功不可没，毕竟，他们细心尽力地养育子女，在选择保姆和家庭教师时花了不少心血。孩子入学以后也一样，而且凡事都以孩子的幸福为优先考虑。

琼的视线从镜中移开时，脸上泛着光彩。嗯，有这些成就实在不错。我从来就不想要有什么事业之类的，为人妻、为人母我就相当满足了。我嫁了我爱的男人，他在工作上很有成就——说不定多少是托我的福呢！一个人通过发挥影响力就能做到这么多。亲爱的罗德尼！

想到很快又能见到罗德尼，她的心就暖了起来。以前她

---

① 罗得西亚（Rhodesia），今已改名为“津巴布韦”（Zimbabwe），位于非洲南部，南非共和国北边。

从没长时间离开他过，两人相守的生活是多么幸福平静啊！

嗯，说平静也许有点言过其实，家庭生活从来都不会是平静无波的。假期、传染病、冬季里冻裂的水管，生活真可说是一连串的小波折。罗德尼总是非常努力地工作，可能努力到过劳的地步了。六年前那次他极度虚弱。琼内疚地想，他没有她穿得体面，还有些弯腰驼背，有很多白头发，眼圈看起来也很疲累的样子。

不过话说回来，这就是人生。如今女儿都已成家，律师事务所也做得很好，新合伙人带来新的资金，罗德尼可以比较轻松了。他和她两人可以有充足的时间离家外出一下。一定要多玩玩，偶尔到伦敦待一两个星期。说不定罗德尼会去打高尔夫，说真的，她没想到自己以前竟然没有说服他去打高尔夫。这对身体很好，尤其是当他案牍劳形的时候。

打定这主意之后，琼再度望向餐厅里那个她认为是老同学的女人。

布兰奇·哈格德。从前她们一起上圣安妮学校时，她曾经多么欣赏布兰奇啊！大家都很迷布兰奇。她这人胆大包天又很好玩，而且不用说，绝对很讨人喜爱。看着眼前这个消瘦、心神不宁、不整洁的老女人，想着从前的她，真是挺可笑的。瞧瞧她那身衣服！还有，她看来——她看来真的是——起码有六十岁了。

这也难怪，琼心想，布兰奇这辈子一直都很倒霉。

她心里突然涌起一股不耐烦。整件事似乎就是个放荡挥霍的例子。二十一岁时的布兰奇意气风发，有美貌、地位，有一切，却为了一个莫名其妙的男人失去了。那人是个兽医，没错，是个兽医。而且还是一个已婚的兽医，这就更糟糕了。她的家族表现出的果决很令人称道，她被送去参加那些充满欢乐的邮轮之旅环游世界。结果布兰奇却在某个地方——不知道是阿尔及尔[①]还是那不勒斯[②]——下了船，然后溜回国去跟她的兽医会合。理所当然，他的顾客都流失了，于是他开始酗酒，老婆却不愿跟他离婚。没多久，他们就离开了克雷敏斯特。之后有很多年琼都没有布兰奇的消息，直到有一天在伦敦哈洛德百货的皮鞋部相遇，很慎重（慎重的是琼，布兰奇可不重视“慎重”这回事）地略为交谈了一会儿之后，她才知道布兰奇已经嫁给一个姓霍利迪的男人。这人在保险公司上班，但布兰奇认为他不久就会辞职，因为他想写一本关于沃伦·黑斯汀斯[③]的书，他想要用全部时间来写作，而不是在下班后零零碎碎地写。

琼悄悄问，若这样的话，他还有其他收入吧？布兰奇却兴高采烈回答说，他一分钱也没有！琼当时就说，放弃工作也许不是明智之举，除非他有把握这本书会成功。有出版社委托他写吗？哎呀！没有，布兰奇兴高采烈地说，事实上，她并不认为这本书会成功，因为汤姆虽然很热衷写书，但其

---

① 阿尔及尔（Algiers），北非国家阿尔及利亚的首都。

② 那不勒斯（Naples），意大利南部城市。

③ 沃伦·黑斯汀斯（Warren Hastings），英国派驻印度的第一位总督。

实写作能力并不是很好。于是琼就有点热心地劝布兰奇要坚决表示反对，布兰奇听了却瞪大眼回答说：“可是他想写作啊，可怜的小宝贝！他想得要命。”琼说，人有时候得要放聪明点替两个人着想。布兰奇哈哈笑着说，自己向来都还不够聪明到可以替一个人设想！

回想起来，琼觉得很不幸地还真被她说中了。一年后，她在一家餐厅见到布兰奇跟一个奇怪又俗艳的女人在一起，还有两个像艺术家的浮华男子陪伴。之后，唯一让她想起这个旧识的，是五年后布兰奇写信给她，向她借五十英镑。信上说，她年幼的儿子需要动手术。琼寄了二十五英镑给她，还附了一封信，很好心地问她详情。结果回信却是张明信片，上面草草写了几个字：你真好，我就知道你不会让我失望。虽说总算有个回音，却不是很令人满意。从那之后布兰奇就音讯全无，直到如今在中东这个铁路局招待所里又碰上。室内的煤油灯在馊掉的羊油味、煤油味和杀虫剂气味中劈啪燃烧，多年未见的旧友在此出现，老得令人难以置信，穿着很差，成了个粗人。

布兰奇先吃完了晚饭，正要走出来时瞧见了对方，她突然停下脚步。

“乖乖，这是琼！”

一会儿之后，她已经拉开了桌边座椅，两人聊了起来。

布兰奇说：“亲爱的，你保养得真好，看起来才三十岁左右。这些年你都待在哪里？冷藏起来了吗？”

“才没这回事呢！我一直都在克雷敏斯特。”

“生于斯、长于斯，结婚成家和安葬都在克雷敏斯特。”布兰奇说。

琼笑说：“这样的命运有那么差吗？”

布兰奇摇摇头。“不，”她很正经地说，“我认为挺不错的。你的儿女怎么样了？你不是有好几个孩子吗？”

“对，三个。一个儿子、两个女儿。儿子在罗得西亚。女儿都结婚了，一个住在伦敦；我刚去巴格达看了另外一个女儿芭芭拉，她嫁给了姓瑞的人家。”

布兰奇点点头。“我见过她，很不错的孩子。太早婚了一点，不是吗？”

“我可不这样认为。”琼口气有点紧绷地说，“我们都非常喜欢威廉，他们两个在一起很幸福。”

“对，他们现在好像安定下来了。可能因为有了孩子的缘故吧？女人有了孩子，多少都会定下心来。”布兰奇若有所思地说，“不过，婚姻却从来没让我安定下来。我很喜欢我那两个孩子莱恩和玛丽。然而约翰尼·佩勒姆一来，我就一秒钟也不考虑地丢了他们两个，马上跟这人跑了。”

琼很不以为然地看着她。

“真是的，布兰奇，”她苦口婆心地说，“你怎么做得出这种事来？”

“我很烂，对不对？”布兰奇说，“当然，我知道他们跟着汤姆没问题的，他向来疼他们。他娶了个很顾家的好女人，远比我适合他，三餐照顾得好好的，还会帮他补内衣裤之类的。亲爱的汤姆向来像个小宠物，后来他有很多年都还在圣诞节和复活节寄卡片给我，他真不错，你不认为吗？”

琼没回答。她满脑子矛盾的想法，最主要的是纳闷眼前这位——就是布兰奇吗？那个很有教养、意气风发的圣安妮女校校花？眼前这个邋遢女人恬不知耻地讲着自己人生里的丑事，而且说话也很不文雅。哎，想当年布兰奇的英文在圣安妮还得过奖呢！

布兰奇回到原先的话题。

“真想不到芭芭拉·瑞居然是你女儿，琼，这证明很多人都看走眼，大家都搞错了，还以为她在家里过得很不开心，所以一有男人求婚就嫁了，以便可以逃出家门。”

“太可笑了，这些说法是打哪儿冒出来的？”

“我也想不出怎么会有这些说法。因为有一点我很肯定，琼，你向来是个令人钦佩的母亲。我很难想象你会脾气坏或者刻薄。”

“你太客气了，布兰奇。我想我大可以说，我们总是尽力给孩子们一个幸福的家，为他们好，能做的都做到了。我觉得有一点很重要，你知道，就是要跟儿女做朋友。”

“很好，要是做得到的话。”

“哦，我认为可以的。重点在于记住自己年轻时的感受，设身处地为他们想想就行了。”琼那张美丽、严肃的脸孔朝她的老友稍微挨了过去。“罗德尼和我向来都努力这样做。”

“罗德尼？让我想想，你嫁了个律师，对吧？没错。哈里要跟他那糟透的老婆离婚时，我去过那家律师事务所，我相信那时我们见的就是你先生罗德尼·斯丘达莫尔。他人非常好，又客气，很善体人意。这么多年来你就只跟他耗着，没换换新啊？”

琼颇不自在地说：“我们两个都没想到过要换换新。罗德尼和我都非常满意对方。”

“那当然了，琼，你一向都冷冰冰的，但我得说你老公还挺花心的呢！”

“你在说什么啊！布兰奇！”

琼气得脸都红了。花心？什么话！这样说罗德尼。

突然间，很突兀地，有个念头在琼脑海中一闪而过，就像昨天看到的那条蛇，在灰褐色小路上闪电般横窜过汽车前方的蠕动的绿色形体，几乎在你看到之前就消失了。

一闪而过的念头里有几个字，淡入又淡出。

那个姓伦道夫的女孩……

在她还没来得及看清楚之前，又消失了。

布兰奇已经爽朗地在表示过意不去了。

“对不起，琼。我们去另一个厅里喝咖啡吧。我向来心思都挺低俗的，你知道。”

“喔，哪有。”琼嘴里马上冒出了抗辩，她是真的有点吓到了。

布兰奇一脸觉得好玩的样子。

“噢，有呀，你不记得了吗？不记得我曾经偷溜出去见面包师傅儿子的事？”

琼本能地退缩了。她老早忘了那回事，当时此举显得很大胆——对，事实上还很浪漫。真是个低俗又不愉快的插曲。

布兰奇在一张柳条椅上坐下，叫服务生送咖啡来，一面自己笑了起来。

“我以前一定是个可怕的早熟丫头，哦，嗯，这一向是我的毛病。我一直都太喜欢男人了，而且喜欢的都是混蛋，很不寻常，对不对？第一个是哈里——他的确不是个好东西——可是却帅得要命。接着是汤姆，虽然没什么结果，我还是多少喜欢过他。约翰尼·佩勒姆，和他在一起的时候的确开心过。杰拉尔德也好不到哪里去……”

说到这里时，服务生送来了咖啡，打断了这份让琼感到厌恶的男人名单。

布兰奇看到了她的表情。

“抱歉，琼，我吓坏你了。你一向都有点古板，对不对？”

“哦，我一直希望自己能开通些。”

琼露出客套的笑容，然后慌忙补上一句：“我的意思只是……我感到遗憾。”

“替我？”布兰奇像是对此想法感到很好笑似的。“亲爱的，你真好，但别浪费你的同情心。我其实很乐在其中。”

琼忍不住瞄了旁边一眼。真是的，布兰奇到底知不知道她的模样有多可悲啊？随随便便用指甲花染过的头发、脏兮兮的俗艳衣服、满脸皱纹的憔悴脸孔，根本就是个老妇人，一个老态毕露、声名狼藉、四处为家的老女人！

布兰奇突然正色地用冷静的口吻说："对，你说得相当对，琼。你这辈子过得很成功，而我，嗯，我把自己搞得乱七八糟。我往下沉沦，而你往……不，你一直留在原处，圣安妮的女学生，嫁给了合适的对象，为母校增光！"

为了把谈话带到她和布兰奇如今唯一的共通处，琼于是说："那真是一段美好的时光，不是吗？"

"马马虎虎啦！"布兰奇对她的称颂毫不在意，"有时我觉得很无聊，那里样样都那么洋洋自得又自命不凡，我想要出去见识外面的世界，嗯，"她的嘴俏皮地瘪了一下，"我见识过啦！我可以说自己见识过了。"

琼这时才首次问起了布兰奇在这招待所出现的原因。

"你是要回英国吗？是明天早上跟车队走？"

提出这问题时，她的心略微往下一沉。说真的，她才不想要布兰奇在路上做伴呢！有机会碰到面是很好，但她深深怀疑这份友谊是否能支撑到横越整个欧洲。从前同窗的情分很快就会磨光了。

布兰奇朝她咧嘴而笑。

"不，我往反方向去，去巴格达，跟我先生会合。"

"你先生？"

琼真的感到挺惊讶的，布兰奇居然还能挺像样地有个丈夫。

“对，他是工程师，铁路方面的。他姓多诺万。”

“多诺万？”琼摇摇头。“我想我没见过这个人。”

布兰奇大笑。

“你不可能见过他的，亲爱的，他不是你那阶层的人。他酒喝得很凶，但他有赤子之心。你可能会感到意外，可是这人真的非常疼我。”

“他当然应该的。”琼顺势客套地说。

“老好人琼，做事永远讲道德，可不是吗？你一定觉得谢天谢地我是往反方向去。跟我结伴五天就会打破你的基督徒精神了。不用费心否认这点，我知道我成了什么样的人，身心都低俗不堪——你是这样认为的。嗯，还有更糟糕的事呢！”

琼暗自纳闷：会是什么事？在她看来，布兰奇的沦落已经是最悲惨的事了。

布兰奇接下去说：“希望你旅途顺利，不过我很怀疑这点。我看就快下雨了，真是这样的话，你可能会在前不着村、后不着店的地方困上好几天。”

“希望不会，这会打乱我订好的所有火车旅程。”

“这可难说了，在沙漠地区旅行经常是很难按时刻表的。只要平安过了沙漠河道，其他就好办了。当然，还得要司机也准备了足够的食物和饮用水。不过困在某个地方还是很无聊的，没有别的事情可做，只能想事情。”

琼笑了。

“这说不定会是挺愉快的改变。你知道，人通常根本就没时间轻松一下。我经常巴不得什么也不做，只要给我一个星期这样的日子就好。”

“我想你应该随时都可以这样做吧？”

“才不呢！亲爱的。我也算是有点忙碌的妇女。我担任乡村花园协会的秘书，也是我们当地医院的委员，还有学会、女童军会，我在政坛上也挺活跃的。除了这些，还得理家、照顾罗德尼。我也经常外出、邀人来我们家。我总是认为，交游广阔对律师是件好事。还有，我也很喜欢家里的花园，大多数时候都亲手打理。你知道吗？布兰奇，我难得有空闲，大概只有晚饭前的那一刻钟，才能真正坐下来歇一会儿，更别说要保持阅读进度有多吃力了。”

“你好像都很胜任嘛！”布兰奇喃喃说着，视线落在对方没有皱纹的脸上。

“噢，忙坏了总比闲死了要好！我得承认，我身体一向都很好，真的要感恩。但总而言之，要是能够有整整一两天什么都不做，光是想事情，感觉一定很好。”

“我很好奇，”布兰奇说，“你会想些什么事情呢？”

琼笑了起来，那是如银铃般的愉悦笑声。

“总是有很多事情可以想的，对不对？”她说。

布兰奇嫣然一笑。

“人总是可以想想自己的罪过！”

“对，的确是。”琼客气地表示同意，但其实一点也不觉得这话有趣。

布兰奇敏锐地端详着她。

“只不过‘想自己的罪过’没办法让你花掉很多时间的！”她皱起眉头很突兀地说，“你得丢开它们，改去想想你的善行，以及人生中所有的福气！唔，我也说不上来。可能会很沉闷的。”她停了一下又说：“要是没别的事可想，只能一天又一天地想自己的话，到头来不晓得会从自己身上发现什么……”

琼一脸疑惑又觉得有点好玩的样子。

“人难道会发现什么自己以前不知道的事吗？”

布兰奇缓缓地说：“我想可能……”她突然打了个冷战，“我可不想尝试。”

“当然，”琼说，“有些人对于沉思冥想的生活很跃跃欲试，我个人是从来无法理解这种心态的。玄学的法理很难体会，我恐怕自己还没达到那种宗教境界。对我来说，那似乎太过极端了，你懂我的意思吧？”

“捡现成的最短祷告词肯定简单得多。”布兰奇说。见到琼不解的目光，她突然说：“‘神很恩待我这个罪人。’一句话就差不多什么都涵盖了。”

琼觉得有点尴尬。

“对，”她说，“说得也对，肯定是的。”

布兰奇爆笑起来。

"琼，你的问题就在于你'不'是个罪人，所以祷告就没你的份儿了！我就很够格。有时觉得很多事情我根本就不该做，可是我却从来没停手过。"

琼沉默不语，因为不知道该说什么才好。

布兰奇以轻松语气重拾话题："哎！人活着就是这么回事。该抓住的时候却放手了，或者明明放下比较好，却舍不得丢下；前一分钟的人生还好到你不敢置信，紧接着就像掉进了地狱里，受苦又受罪！顺利的时候，你以为一辈子都会这样，可是却从来不是那回事，等跌到谷底时，你会以为自己永远爬不起来而活不下去了。人生就是这么回事，你说对吗？"

这跟琼这辈子所拥有或体会出的人生看法大相径庭，以至于她不知要怎样回答才好。

布兰奇猛然站起身来。

"琼，你快睡着了，我也差不多。我们明天都要一大早动身。见到你真好。"

两个女人拉着彼此的手站了一会儿。布兰奇忽然略带温柔又有点笨拙地很快说道："别担心你女儿芭芭拉，她会没事的，我很确定。威廉·瑞是个好人，你知道，何况还有个孩子和其他等等。她只不过是太年轻，加上那里的那种生活……嗯，有时会让女人冲昏了头。"

琼听得一头雾水，完全不懂。

她严厉地说："我不懂你这是什么意思。"

布兰奇只是钦佩地看着她。“真符合我们母校的精神，永远什么都不承认。琼，你真的一点儿都没变。顺便一提，我还欠你二十五英镑，我现在才想到。”

“哦，别烦恼这个了。”

“别怕，”布兰奇笑说，“我本来是打算要还的，不过话说回来，要是人肯借钱给别人，当然很清楚自己是再也见不到那笔钱的了。所以我就没有怎么为这操心。琼，你是个好人，那笔钱对我来说是意外之财。”

“你有个孩子要动手术，不是吗？”

“他们是这样认为。结果原来根本不需要，所以我们就把钱拿去饮酒作乐一番，还帮汤姆买了张有卷盖的书桌，他看中那张书桌很久了。”

这话勾起了琼的回忆，于是她问：“他后来写出了《沃伦·黑斯汀斯传》吗？”

布兰奇笑容可掬地看着她。“真想不到你还记得这个！对，真的写出来了，十二万字。”

“出版了吗？”

“当然没有！写完那本之后，汤姆又动手写富兰克林传，这本更糟糕。真是奇怪的兴趣，是吧？我是指他写的都是那么沉闷的人。假如我要写一个人的生平事迹，我会写写埃及艳后克莱奥帕特拉那类性感人物，要不就是情场浪子卡萨诺瓦这种香艳刺激的题材。话说回来，大家的想法是不可能一样的。汤姆后来又去上班，这份工作没有之前的好。不过我一直很开心，因为他乐在其中。人应该做自己真正想做的事情，你不认为这点很重要吗？”

“这要看情况。”琼说，“人得要考虑到很多方面。”

“你没做过自己想要做的事吗？”

“我？”琼吓了一跳。

“是的，你。”布兰奇说，“那时你想要嫁给罗德尼·斯丘达莫尔，对不对？而且你想要有孩子，还有一个安适的家？”她笑着又补充说，“从此幸福快乐地生活下去，无穷无尽，阿门。”

琼也笑了起来，对于谈话转为比较轻松感到松了一口气。

“别闹了，我知道，我运气很好。”

接着，见到布兰奇时运不济的倒霉落魄相，她唯恐自己刚才那句话说得不太得体，赶快又补充说：“我现在真的必须走了。晚安！能再见到你真的太好了。”

她热情地紧握了布兰奇的手一下，（布兰奇会指望她亲自己一下吗？当然不会。）然后就小跑步上楼，回到自己的客房里。

可怜的布兰奇。琼脱衣服时想着，然后把衣服整齐叠好，取出一双干净袜子准备第二天早上穿。可怜的布兰奇，真是太惨了。

她穿上睡衣，然后梳起头发。

可怜的布兰奇，看起来那么潦倒落魄。

这时她已经准备睡觉了，但上床之前却踌躇不决。

应该没有人每天晚上都祷告的吧？事实上，不管哪种祷告，琼都很久没做了，甚至不常上教会。

不过，她当然是相信神的。

此刻她却有股奇怪的冲动，想要在这看来很不舒服的床边（棉布床单看起来很脏，幸好她自己准备了软枕）跪下来，像个小孩一样，好好做个祷告。

这念头让她感到挺害羞又很不自在。

她赶快上床去，盖上被子，拿起了摆在床边桌上的一本书——《凯瑟琳·戴萨特夫人回忆录》，真的写得非常有娱乐性，很诙谐有趣的维多利亚中期记述。

看了一两行之后，她发现自己无法集中精神。

我太累了，她心想。

她放下书，扭熄了灯。

祷告的念头又浮现了。布兰奇那番怪话是怎么说的？“所以祷告就没你的份儿了！”真是的，她到底是什么意思？

琼很快在脑海里整理出一段祷词，把零散话语串在祷词里。

神，感谢您！……可怜的布兰奇！感谢您，幸好我没变成那样……大大的怜悯，赐给我所有的福气……特别是没有像布兰奇那样。可怜的布兰奇，真是潦倒。当然是她自找的，落魄，真让人大吃一惊……感谢神！我不一样……可怜的布兰奇……

琼睡着了。

第二章

第二天早上，琼离开招待所时正在下雨，那是和这个地区似乎很不搭调的绵绵细雨。

她发现自己是唯一西行的旅客。虽然每年这时期往来的车辆并不多，但这显然是很不常见的现象。上星期五还有一支庞大的车队来过呢。

一辆敞篷老爷车正等着她，除了欧洲籍的司机，还有个本地人副驾驶。招待所经理在灰色晨曦中扶琼上车，对着阿拉伯人大呼小叫，直到他们把行李摆放到如他的意为止，然后“祝小姐（所有的女客他都称为‘小姐’）旅途平安顺利”。他鞠了个大躬，递给琼一个小纸盒，里面装着她的午餐。

司机兴高采烈地喊着说："再见啦！大魔头。明天晚上或下星期见！看起来多半是下星期见了。"

车子上路了，蜿蜒曲折地穿过这座东方城镇的街道，两旁是风格奇异又出人意料的西式建筑。汽车喇叭响着，驴子闪到一边，儿童急忙跑开。车子出了西城门，驶上宽广而不平整、看起来好像通往世界尽头的路。

事实上，这条路只开拓了两公里远，之后就突然中断了，取而代之的是一条不规则的小路。

琼知道，天气好的话，大概七个小时车程就可以到阿布哈米德，那是当今土耳其铁路的终点站。从斯坦堡[①]来的火车今早就停在那里，晚上八点半再驶回去。阿布哈米德有一家小招待所，方便旅客用餐。他们应该会在路途中跟往东来的车队相遇。

此时路面非常不平，车子跳动得很厉害，琼被抛上抛下的。

司机回头大声说希望她没事，这段路有点颠簸，但他想要尽量赶路，以免在横越必经的两处干河床时遇上麻烦。

每隔不久，司机就焦虑地望望天空。

雨势开始转大，车子也开始不断煞车，忽前忽后地弯曲行进，搞得琼有点晕车。

---

① 斯坦堡（Stamboul），今已改称伊斯坦布尔（Istanbul）。

大概十一点时，他们来到了第一处河床。原本干涸的河床已经开始积水，但他们顺利通过了。在离开河床往上坡行驶时，一度有点危险，车子陷了一下、轮胎空转，但后来还是爬上去了。往前行驶了两公里之后，遇上了软泥地，这回就陷在那里动弹不得了。

琼穿上雨衣下了车，打开餐盒，边吃边来回踱步，看那两人忙着用铲子挖土，不时把千斤顶扔给对方，把带来的板子塞到车轮下。他们忙得满身大汗，车轮却悬空怒转。在琼看来是徒劳无功，但司机向她保证说这里还不是最糟糕的地方。最后，车轮猛然发出令人心惊的怒吼往前一冲，终于冲上了比较干的地面。

再往前行驶一小段路之后，他们遇上了对向来的两辆车。三辆车都停了下来，司机会合，交换意见，互相提出建议和忠告。

那两辆车上坐着带了小宝宝的女人、年轻的法国军官、美国老太太和两个看起来像是生意人的英国人。

不久他们分道扬镳继续上路。后来又陷在泥里两次，两次都是漫长吃力的挖掘和使用千斤顶的工作。第二处河床比之前的更难越过，来到这里时已近黄昏，天色昏暗，河床内流水激激。

琼心焦如焚地问："火车会不会等旅客？"

"通常都会给一个小时的宽限，然后开快一点把时间补回来，但是不会延迟到九点半以后才发车。不过往后的路况就会比较好了，地面不同，多半是广阔的沙漠。”

但穿越这个河床时情况很糟糕，远处的河岸完全是滑溜溜的泥地。等到车子终于驶上干爽地面，天都黑了。这之后路况果然比较好些。只是抵达阿布哈米德时，已经是晚上十点一刻，往斯坦堡的火车早已开走了。

琼这时已经累坏了，所以没怎么留意周遭环境。

她蹒跚走进摆了搁饭桌的招待所餐厅，什么东西都不想吃，只要人送茶来。喝过茶直接进了灯光微弱、有三张铁床的昏暗房间，拿出旅行基本用品之后，往床上一倒就沉沉睡着了。

第二天早上，她又恢复了平日的能干劲儿。从床上坐起来看看表，九点半了，她下床穿好衣服，走出房间到餐厅里。有个头巾缠得很漂亮的印度人出现了，琼要了早餐。接着，她漫步来到门口往外看。

她带点幽默做了个鬼脸，告诉自己，这回真的来到了鸟不生蛋的地方。

看来得花两倍时间了。她暗忖。

她来的时候，是从开罗搭飞机到巴格达。她以前不知道有这条路线。实际上从伦敦到巴格达要七天时间——从伦敦搭火车到斯坦堡要三天，斯坦堡到阿勒颇[①]要两天，在铁路终点的阿布哈米德待一个晚上，然后再坐一天的汽车，

---

① 阿勒颇（Aleppo），今叙利亚北部之城市。

在招待所住一晚，再坐汽车到基尔库克[①]，然后换火车到巴格达。

今天早上没有要下雨的迹象，天色蔚蓝、万里无云，周围是一片金棕色的沙地。招待所旁有块铁蒺藜围起来的垃圾场，堆着些空罐头，有片空地养了些瘦巴巴的鸡，边跑边大声咕咕叫着。空罐头里还残留了些食物，成群苍蝇在上面爬。有个看来像是一堆肮脏破布的东西突然站了起来，原来是个阿拉伯男孩。

隔着另一道铁蒺藜的彼端不远处，是栋低矮建筑物，显然就是火车站，琼猜想旁边那个东西若不是自流井就是大储水槽。北边天际隐约可见连绵山峦的轮廓。

除此之外就什么都没有了，没有地标，没有建筑物，没有草木，没有人。

一个车站，一条铁轨，几只母鸡，以及看来多得不成比例的铁蒺藜，就这么多了。

真是的，琼心想，这下可好玩了，滞留在这么个怪地方。

那个印度仆役走了出来，说夫人的早餐准备好了。

琼转身走了进去。迎接她的是典型的招待所气氛：阴沉、羊油味、煤油味和杀虫剂气味，颇令人不愉快的熟悉感。

早餐包括咖啡和牛奶（罐装的）、一整盘炒蛋、几块

---

① 基尔库克（Kirkuk），今伊拉克北部。

又圆又硬的烤面包、一碟果酱，还有一些看来颇可疑的炖梅干。

琼胃口颇佳地吃了早餐。不久，那个印度人又出现了，问夫人想要几点吃午餐。

琼说不用等太久。于是双方说好下午一点半开饭。

就她所知，火车一星期三班，每逢星期一、三、五有车。现在是星期二早上，所以到星期三晚上以前，她都走不了。她跟印度人提及此事，问他是不是这样。

“没错，夫人，没搭上昨晚的火车真是倒霉。路况很差，晚上雨下得很大，所以这里和摩苏尔[①]之间这几天不会有车子往来。”

“可是火车没问题吧？”

琼对摩苏尔的路况没兴趣。

“哦，没问题，火车明天早上会来，晚上回去。”

琼点点头，问起送她过来的汽车。

“今天一大早走了。司机希望能回得去。但我想不行，我认为他在半路上会卡住一两天。”

琼认为大有可能，不过对这事不怎么感兴趣。

这人继续提供消息给她。

“那个车站，夫人，在那边。”

琼说，她多少已经猜到那可能就是火车站。

---

① 摩苏尔（Mosul），今伊拉克北部。

“土耳其的火车站，车站在土耳其境内，土耳其铁路。你看，铁丝网的另一边，这铁丝网就是边界。”

琼郑重其事地望着边界，心想：边界真是奇怪的东西。

印度人开朗地说：“一点半准时开饭。”然后就转身进去了。一两分钟之后，琼听到里面传来他提高嗓门怒骂的声音，还有另外两个声音。空气中充斥着连串尖锐、激动的阿拉伯语。

琼纳闷地想：为什么这类招待所似乎总是由印度人来管事？是因为印度人对欧洲人的生活方式有经验吗？算了，反正这没什么关系。

这个早上她该怎么排遣才好？她可以继续读那本有意思的《凯瑟琳·戴萨特夫人回忆录》，要不然写几封信也可以，等火车到了阿勒颇时再寄出。她有一本信纸，还有几个信封。她在招待所门口踌躇了一会儿，里面太暗了，而且有一股不好闻的气味。说不定去散散步也好。

她拿起厚毡帽，倒不是这时节的阳光很晒，不过小心一点总是比较好。她戴上太阳眼镜，把信纸和钢笔塞进包里。

然后就出发了，经过了垃圾场和空罐头堆，朝火车站反方向走去，因为，要是越过这边界的话，搞不好会引起复杂的国际纠纷。

她暗忖，这样的散步真是够怪的——没有一个明确的目的地可去。

这是个颇新鲜又挺有意思的想法。走在丘陵草地上，走在沼地里，走在海滩上，走在一条路上……总是有些目标在望，过了那座山，到那座小树林，到那片石楠树林，从这条巷道走到那农场，沿着大路到下一个城镇，经过海边到下一个小湾。

但是在这里只有“从”而没有“到”。从招待所走出去，就只有这样。右边，左边，直走，都是空旷的暗褐色地平线。

她漫步走着，步伐不太快。空气很宜人，天很暖但不太热，大约是华氏七十度[①]吧，她想。而且还有一丝微风。

大约走了十分钟之后，她才转过头来。

招待所以及周边的肮脏部分已经化为挺能让人接受的模样，从这里望过去感觉还不错。再过去的那个车站看起来就像一个小石堆。

琼露出笑容，继续漫步。空气真的太好了！新鲜又纯净，这里没有霉味，没有人类或文明的痕迹，就只有阳光、天空和沙地，带有醉人的成分。琼深深吸着气，尽情享受着。这真的是一场探险！在一成不变的生活中令人愉悦的休憩。她挺高兴错过了火车班次。整整二十四小时绝对的安宁平静，对她很有好处，她不急着赶回去，大可在抵达斯坦堡之后，再打电报向罗德尼解释延期的原因。

亲爱的老伴罗德尼，不知此时在做什么？倒不是真的有

---

① 约等于摄氏 21 度。

什么事值得她这样猜测，因为她很清楚罗德尼会如常坐在“奥尔德曼、斯丘达莫尔暨威特尼律师事务所”的办公室里。那间很不错的办公室在二楼，可以俯瞰外面的市集广场。老威特尼先生去世之后，罗德尼就搬进这间办公室。他喜欢这个房间。琼还记得有一天她去看罗德尼，见到他正站在窗边，盯着市集（那天是赶集的日子）看一群赶来的牛。“有很多不错的短角牛。”他曾这样说。（也许不是说短角牛吧？琼对于农务用语不太在行，反正是类似的话。）她当时说：“关于中央暖气用的锅炉，我认为加尔布雷思的报价太高了，我们再去问问张伯伦的报价，怎么样？”

她还记得当时罗德尼缓缓转过身来，摘掉眼镜，揉揉眼睛，心不在焉地看着她，仿佛没真的看到她的样子。她也还记得他说“锅炉？”的神态，就像那是某种他从没听过、很难又很遥远的话题，然后说——真的是蛮蠢的，“我看霍兹登是在卖他那头小公牛，我猜他一定是亟需要钱用。”

她认为罗德尼关心一下米德农场的老霍兹登是好事，可怜的老头，大家都知道他渐渐不行了。但她却希望罗德尼听她说话时反应快一点，因为，毕竟人家都指望律师反应要快又机灵，要是罗德尼面对客户时也是这么迷糊的话，给人的印象可就不太好了。

于是她以带点关爱的不耐烦口吻说：“别胡思乱想，罗德尼，我说的是中央暖气系统的锅炉。”结果罗德尼说当然要再另外找人报价，不过花费会更高，他们得赶快做决定。接着就瞧着堆在办公桌上的文件。于是琼就说不再耽搁他了，看来他像是有很多事要处理。

罗德尼微笑着说，他的确是堆了很多工作没做，因为把时间浪费在看市集上了。“这也是我喜欢这间办公室的原因，”他说，“我期待星期五到来，现在可以听到它们的声音了。”

他还把手举了起来。琼侧耳细听，听到牛在哞哞叫的声音，挺难听的牛羊叫声混成一片。然而罗德尼却有些好笑，竟然像是很喜欢听。他站在那儿，略歪着头，露出笑容……

呵，今天不是赶集的日子，罗德尼会坐在办公桌前，不会分心。其实她担心客户会以为罗德尼迷糊是太多虑了，因为到目前为止，他是律师事务所里最得人心的律师，大家都喜欢他，这在执业律师圈中，已经成功了一半。

而且要不是因为我的话，琼自豪地想，他早就把这一切拒之门外了！

她的思绪转到了罗德尼告诉她关于他叔叔给他工作机会的那天。

那是个老派又兴隆的家族事业，而且老早就有默契，等罗德尼通过律师考试之后就由他来接掌。然而哈里叔叔竟然提出那么好的条件，邀他做合伙人，那是很出人意料的喜事。

琼表达了自己的开心和惊喜，热情地向罗德尼道喜之后，才留意到罗德尼似乎没有感染到她的喜悦，事实上，他还说出了令人不敢相信的话："要是我接受的话……"

她沮丧地叫起来："罗德尼，你说的是什么话呀？"

她很清楚地记得罗德尼转过头来时脸色发白。以前从来不晓得罗德尼是个神经质的人，他那双正在草坪上拔草的手颤抖着，黑眼睛里流露出奇怪的恳求目光。他说："我讨厌办公室生活，恨透了！"

琼倒是马上就表现出同情。

"哦，我知道，亲爱的。那是很闷又很辛苦的工作，全然辛苦的差事，根本就没有意思。但是当合伙人却不同，我是说，你会对这件事感兴趣的。"

"对契约、租约、不动产、正式合同、鉴于、迄今为止……有兴趣……"

他胡乱叨念出一堆法律用语，嘴角在笑，眼神却忧伤而带着恳求——苦苦地恳求她。而她那么爱罗德尼！

"可是我们老早就有默契，你会进律师事务所。"

"噢，我知道，我知道。但我哪里想得到我会这么讨厌它呢！"

"可是……我的意思是……不然你想要做其他什么事情呢？"

然后他很快又很热切地说了，滔滔不绝地。"我想要经营农场。小米德要抛售了，农场状况很糟，因为霍雷疏于照管，可是也就是因为这样，所以才能以很便宜的价格买到，而且土地很好，你听着……”

然后他迫不及待地说下去，提了很多规划，讲的都是些技术用语，听得她困惑不已，因为她根本不懂小麦、大麦或轮耕，或者纯种家畜、乳牛群等等。

她只能用沮丧的语气说：“小米德……可是那地方在阿谢当还要再过去，离什么地方都有好几英里远。”

“那是块好土地，琼，而且地点又好……”

他又长篇大论说起来。她从没想到罗德尼可以这么热衷、如此热切地说这么多话。

她狐疑地问：“可是亲爱的，你能靠农场谋生吗？”

“谋生？哦，当然，总之可以糊口就是了。”

“这就是我的意思。人家总是说经营农场赚不到钱。”

“哦，是赚不到多少钱，除非你运气好得要命，或者有很大笔资金。”

“喏，你看吧……我是说，这很不实际。”

“噢，这很实际的，琼。你知道，我自己有一点钱，靠着农场自耕自食，只要收入超过支出一点点就没问题了。再想想我们可以过多棒的生活！住在农场里，多豪气啊！”

“我不认为你懂农场的事。”

“哦，我懂，我真的懂。你不知道我外公是德文郡的大农场场主吗？小时候放假我们都到他的农场去，那是我最享受的日子。”

人家说的还真没错，她暗想，男人就跟小孩一样……

她和蔼地说："我想也是。但过日子可不是度假，我们得要为将来着想，罗德尼，我们还有托尼。"

那时托尼只是个十一个月大的宝宝。

她又加上一句："因为可能还会……又有宝宝。"

他质疑地看了她一眼，而她则点头微笑。

"可是你难道看不出来吗？琼，这样才更好呀！农场对孩子来说是个好地方，很健康的地方，他们可以吃到新鲜鸡蛋和牛奶，到处跑，学习怎么照管动物。"

"可是，罗德尼，还有其他事情要考虑，譬如他们上学的问题，他们得上好学校才行，好学校很贵的。要买衣服鞋子，还要看牙医、看医生、结交好的朋友。你不能光想着你想做的，要是你把孩子带到这世界来，就得要替他们着想。毕竟你对他们是有责任的。"

罗德尼很固执地说："他们会快乐的……"可是这回语气里有了一丝迟疑。

"这么做很不切实际，罗德尼，真的很不实际。要是你进事务所，将来有可能会一年赚到两千英镑哪。"

"那的确容易得很。哈里叔叔赚的比这数目还多。"

"就是！你懂了吧！你不能回绝掉这样的机会，这是很不理智的！"

她说得很坚决、很积极。她看得出来，这件事她得坚定不移，得替他们两个做出明智决定。要是罗德尼看不出什么才是对他自己最好的话，那她就得挑起这个重任。经营农场的念头真是可爱、傻气，而且可笑。他就像个小男孩。她自觉很坚强又充满自信，而且充满母爱。

“别以为我不了解你、不体恤你，罗德尼，”她说，“我懂得的。经营农场只不过是那些很不实际的事之一。”

他插嘴说，经营农场是很实际的事。

“对，但却不在远景之中，我们的远景。眼前你有个很棒的家族事业可以继承，还有一流的起步给你，你叔叔提供了令人惊讶的大方条件……”

“哦，我知道，远比我期望的好太多了。”

“所以你不能……绝对不可以回绝！要是回绝了，这辈子都会后悔的，你会内疚得很。”

他喃喃地说：“那个可恨的办公室！”

“噢，罗德尼，其实你没有你以为的那么讨厌它。”

“我讨厌它。你要记得，我在那里待过五年，当然知道自己的感受。”

“你会习惯的。而且现在也不一样了，相当不一样，我是指你现在是合伙人。你终究会对工作感兴趣的，也会对工作上遇到的人感兴趣。你等着看，罗德尼，最后你会很快乐的。”

那时他曾深深地、忧伤地看着她。目光中流露着爱意、绝望以及其他。也许，那是最后一丝希望的闪现吧……

他曾反问说：“你怎么知道我将来会快乐呢？”

当时她很轻松愉快地回答说：“我相当有把握你会快乐

的。你等着看吧！”

她还开心地点点头，带着权威感。

罗德尼叹了一口气，突然说：“好吧！那就照你的意思做吧！”

对，琼心想，那次真是侥幸脱险。罗德尼真是好运，幸亏她坚守立场，没有让罗德尼因为突发奇想而毁掉前程！男人家，她心想，要是没有女人的话，不知道会把自己的人生搞得多惨。女人生性稳定，了解现实……

对，罗德尼有她真是幸运。

她低头瞧了一下手表，十点半，没必要走得太远——尤其（她笑了）根本没有地方可去。

她回头看看，不得了，招待所简直就像消失在地貌中，快要看不到了。她心想，我得小心点别走得太远，搞不好会迷路。

真是可笑的念头……不，说不定并没有那么可笑。远方的山脉此时已跟天上的云交织在一起，难以分辨。火车站也不存在了。

琼欣赏地看看周围，什么都没有，一个人都没有。

她优雅地在地上坐下来，打开包，取出信纸簿和钢笔，打算写几封信。把她的感受传达给别人，应该挺有意思的。

她该写给谁呢？莱昂内尔·韦斯特？珍妮特·安内斯摩尔？多萝西娅？看来还是写给珍妮特吧。

她扭开钢笔套，开始用流畅的笔迹写了起来：

最亲爱的珍妮特：

你绝对猜不到我是在哪里给你写这封信！在旷野中央。因为没赶上火车，要等下一班，所以我滞留在这里。火车每星期只有三班。

这里有家招待所，管事的是个印度人，还有很多母鸡、一些怪模怪样的阿拉伯人和我。没人可以说说话，也没事情可做。真说不出我有多享受这时光！

沙漠空气美妙极了，难以置信的新鲜，还有那种静谧，你得要体会过才能明白。这么多年以来，我好像第一次可以好好想事情！以往一直过着忙死人的生活，总是东奔西跑的，这是没办法的事，但是人真的应该抽空静下心来想想，休养一下。

我来这里才不过半天时间而已，却已经觉得好太多了。这里没有人，我从来不晓得自己有那么想要远离人群一下。知道方圆几百英里内除了沙和阳光之外，什么都没有，令人感到非常放松……

琼的笔很流利地在纸上留下了字迹。

第三章

琼停下笔来看看手表。

十二点一刻了。

她已经写了三封信，钢笔墨水都用完了。她也留意到信纸簿快见底了。这可真讨厌，本来还可以再写给好几个人的。

不过，她沉思着，写了一阵子之后，内容大致相同：太阳、沙地，以及有时间休息一下好好思考一番，是多美妙的事……这些全都是真的，但每次都得用点文字变化，把同样内容写出来，实在挺累的……

她打了个哈欠。阳光晒得她颇有睡意。吃过午饭后要去躺躺，睡个午觉。

她站起身来，缓缓朝招待所散步回去。

不知道布兰奇此时在做什么？一定已经到巴格达跟她丈夫会合了。那个丈夫听起来像是挺糟糕的男人。可怜的布兰奇，竟沦落到这种地步。当初要不是为了那个长得很帅的兽医哈里·马斯顿——要是布兰奇遇到的是像罗德尼这样的好男人——布兰奇自己也说罗德尼很有魅力的。

对，布兰奇还说了些别的。她说什么来着？是跟罗德尼花心有关。真难听的话，而且根本就不是真的！完全不是真的！罗德尼从没有、一次都没有过……

之前那个念头又出现了，但这回不像蛇般一闪而逝，而是整个横过了琼的脑海。

那个姓伦道夫的女孩……

真是的！琼愤怒地想，脚步略微加快，仿佛要赶过某个不受欢迎的思考。我搞不懂干吗要想起那个姓伦道夫的女孩，这不就好像是说罗德尼……

我的意思是，什么事也没有……

根本没那回事……

米娜·伦道夫天生就是那种女人，那种高大、深色发肤、长相甜美的女孩。她要是看上了哪个男人，就会毫不保留地大肆宣扬。

坦白说，她曾对罗德尼使出浑身解数，不断说他有多棒，打网球时总是找他搭档，甚至在派对中对他抛媚眼放电。

罗德尼当然有点飘飘然，只要是男人都会吧！要是罗德尼受到这样一个比自己年轻很多、又是镇上最漂亮女孩之一的青睐，而不感到飘飘然的话，那才荒谬呢！

琼暗想，要不是我在这件事情上处理得够聪明圆滑的话……

她带着点自我赞许地重温过去的表现。她把事情处理得很好，真的很好。点到为止。

“你女朋友在等着你哪，罗德尼，别老让她等……当然是米娜·伦道夫呀……哦！是的，她是，亲爱的……她有时候真的把自己搞得挺可笑的。”

罗德尼曾经发过牢骚。

“我不要跟那个女孩搭档打网球，把她跟别人编到一组去。”

“别这么失礼，罗德尼。你一定要跟她一起打。”

这才是处理事情最正确的方式——点到为止、俏皮地表现出她很清楚知道不会有什么大不了的……

尽管罗德尼愤愤不平地抱怨、假装生气，但一定挺受用的。米娜·伦道夫是那种几乎每个男人都觉得她很有吸引力的女孩。她任性善变，对追求她的人很不屑，会说些不客气的话，然后又抛媚眼勾引他们回到自己身边。

说真的，琼心想（内心冒起了不寻常的无名火），那个讨人厌的女孩净做些破坏我婚姻生活的事。

不，她并没有怪罗德尼，她怪那个女孩。男人家是很容易被哄得飘飘然的，而罗德尼和我已经结婚……多少年了？十年还是十一年？十年是作家笔下所谓的婚姻危险期、容易出轨的时候，得要小心地度过，直到稳定下来、回到常轨为止。

就像她和罗德尼曾经……

她并不怪罗德尼，即使是那个出乎意料的吻。

没错，那个在槲寄生枝叶下的吻！

当她走进书房时，那个女孩竟厚颜无耻地说："我们是在遵守槲寄生的风俗[①]，斯丘达莫尔太太，希望你不介意。"

幸好，琼心想，我处变不惊，不动声色。

"喏，米娜，别缠着我丈夫！去找跟你相配的年轻小伙子吧！"

她半开玩笑地把米娜赶出书房。

然后罗德尼说："对不起，琼。不过她是个挺有魅力的丫头，而且现在又是圣诞节。"

他站在那里对她微笑道歉，却一点也没有羞怯或难过的样子。这表示他并没有真的到很过分的地步。

而且也不可以更过分了！她已经下定决心，要小心提防不让罗德尼再跟米娜凑到一块儿。第二年复活节期间，米娜就跟阿林顿家的儿子订婚了。

---

① 西方风俗，圣诞节时会悬挂槲寄生枝叶，男女若在此枝叶下相遇，无论是否相识，皆可向对方求吻。

所以其实整件事到后来完全没了下文。或许罗德尼曾经从中有过一点小乐趣，可怜的老伴罗德尼，真该让他有点小乐趣的，他工作得那么辛苦。

十年了！对，那是个危险期。她记得连她自己都曾经感到心猿意马……

那个看起来放荡不羁的年轻人，那个艺术家……叫什么名字来着？她真的一点也不记得了。那时她不是也对他有点意思吗？

她微笑着对自己承认了当年是真的——没错——的确是有点发了傻。那男人如此殷勤，肆意地盯着她看，然后问可不可以当他的模特儿。

当然这只是个借口。他画了一两张炭笔素描，后来都撕掉了，说是无法把她“捕捉”到画布上。

琼还记得那种微妙的、受恭维且陶醉的感觉。可怜的年轻人，她那时这样想过，恐怕真的挺喜欢我的。

是的，那个月挺愉快的。

不过这事到头来却挺叫人不安的，根本不像原先所想；事实上，迈克尔·卡拉韦（卡拉韦！对了，他姓卡拉韦）是个令人十分不快的人。

她还记得他们一起去散了步，是在哈灵树林里，走在那条从阿谢当山顶曲折通往梅德韦的小路上。之前他以生硬又害羞的口吻邀她来散步。

她已模拟好两人可能会有的对话。他可能会告诉她，说他爱她，而她则会很可人又亲切地表示理解，带有一点点——只有一点点——的遗憾。她想了好几种可能用得上的迷人说法，可以让迈克尔事后一再回味。

结果完全不是那么回事。

事情演变得根本不是那样！

事实是，迈克尔·卡拉韦出其不意地抓住她，狂暴粗野地吻了她，让她一下子喘不过气来。他放开她时，很大声且洋洋自得地说："老天，我要的就是这个！"跟着就填起烟斗来，对她的怒骂充耳不闻，完全不当一回事。

他还伸着懒腰打呵欠、快活地说："我觉得好多了。"

琼回想起那一幕，心想，这完全就像男人在口渴时灌下一杯啤酒之后会说的话。

两人之后在沉默中走回家——应该说是琼默默无语，迈克尔·卡拉韦却似乎从异常喧闹转而想唱歌。来到树林边缘，就在快要走到克雷敏斯特市集渥普林大道前，他停下脚步，不带感情地端详着她的脸，然后以沉思的语气说："你知道，你就是那种应该被人强奸一下的女人，这样对你可能有帮助。"

然后，就在她愤怒惊讶得说不出话，只是待在那里时，他又快活地补上一句："我倒是乐意强奸你一下，然后看看事后你是不是会有一点点不同。"

接着他就踏步走到大路上，不再唱歌，改为轻松愉快地吹起口哨来。

当然，从此以后她再也没跟他说过话，而他也在几天后离开了克雷敏斯特。

这是件奇怪、令人费解又困扰的事，不是琼愿意去回想的。她觉得奇怪，自己为什么现在会想起来……

可怕，整件事情都是，相当可怕。

她宁愿马上把这件事丢开。毕竟当人在阳光和沙地中休憩时，不会想要去回想不愉快事情的。多得是愉快又刺激的事情可以想。

午饭说不定准备好了，她看看表，却发现还差一刻才一点。

回招待所后，她进房间翻行李箱，看还有没有信纸。没了，没有信纸了。唉，好吧，其实也没什么关系，她已经写累了，也没什么好写的，总不能老是重复同样的内容吧。她有些什么书？对了，《凯瑟琳·戴萨特夫人回忆录》，还有临行前威廉拿给她的一本侦探小说。他很好心，不过她其实不怎么喜欢看侦探故事。另外还有约翰·巴肯写的《权力之家》，这一本应该出版很久了，她很多年前就看过了。

好吧，到阿勒颇车站时，她可以再买些书。

午饭有煎蛋卷（煎得太老，所以挺硬的）、咖喱蛋，还有一盘鲑鱼（罐头的）以及烘豆子和罐头桃子。

这顿饭蛮难消化的。饭后琼回房去躺在床上，睡了三刻钟，醒来后阅读《凯瑟琳·戴萨特夫人回忆录》，一直看到喝下午茶时。

她喝了奶茶（罐装牛奶），吃了些饼干，然后出去走走，回来后把书看完了。接着是晚饭时间，有煎蛋卷、咖喱鲑鱼饭，一盘蛋和烘豆子以及罐头杏子。饭后她开始阅读那本侦探小说，到了要上床时，已经看完了。

印度人轻松愉快地说："晚安，夫人。明天早上七点半火车会到，但晚上八点半才会发车。"

琼点点头。

还要再多待一天。她还有一本《权力之家》，可惜它篇幅很短。然后她灵机一动。

"明天会有旅客搭火车来吧？喔，但我料想他们会马上就换车前往摩苏尔吧？"

那人摇摇头。

"明天不会去摩苏尔，我想是不行。今天没有车队到，我想通往摩苏尔的路况可能很糟糕，样样事都得拖延很多天。"

琼心中一喜。明天应该会有旅客下火车到招待所来，这挺不错的，肯定会有可以交谈一下的人。

上床睡觉时，她的心情比十分钟前开朗多了。她认为这地方的气氛有点……大概是那股难闻的油羶味造成的吧！一种挺让人情绪低落的气味。

第二天早上八点她醒了，起床换好衣服，出了房间走进饭厅，桌上只摆了一份餐具。她唤人，那个印度人就走了进来。

他看起来蛮激动的。

“夫人，火车没来。”

“没来？你是说火车误点？”

“是根本没来。沿线雨势很大，尼希宾的另一边。铁轨被冲跑了，火车会有几天不能通过，说不定三四天，五六天。”

琼沮丧地看着他。

“那么……我该怎么办？”

“您留在这里，夫人。吃的东西很多，也有很多啤酒、很多茶。很好的。您就在这里等到火车来为止。”

噢！老天，琼心想，这些东方人，时间对他们来说一点意义都没有。

她说：“能不能帮我弄一辆车来？”

他像是觉得很好笑似的。

“汽车？您去哪里弄辆汽车？通往摩苏尔的路况很糟糕，样样都卡在河床的另一边。”

“你能不能打电话到铁路局去问问？”

“打到哪里？土耳其？土耳其人很难搞的，什么都不做，他们只负责开火车。”

琼心想，这下要按照她所希望的衔接旅程走看来很可笑，这里根本就与文明世界隔绝，既没有电话，也没有电报、汽车。

印度人安慰她说：“天气很好，有很多吃的，通通都很舒适。”

嗯，琼心想，天气的确很好，这点倒是很幸运。要是得整天坐在这屋里的话，那才真糟糕呢！

这人仿佛看出她的想法似的说：“这里的天气很好，很少下雨，雨都下在摩苏尔一带，铁路沿线。”

琼在摆好餐具的位子上坐下，等早餐送来。刚才的沮丧感已经过去了。瞎忙一通没什么好处，她太晓得这点了。这是没办法的，但这样浪费时间却颇恼人。

她苦笑着想：看来真应验了那时跟布兰奇说的。那时说如果有个空当能休养一下精神，我会很高兴。嗯，这下真的有了！这里什么事都没得做，甚至连阅读的东西也没有。说真的，在沙漠中好好休养一番，应该会对我大有助益。

想到布兰奇，就带出了有点不太愉快的联想，某样她肯定不愿去回想的事。说真的，干吗要去想布兰奇呢？

吃完早饭后，她走出去，就像之前一样，走到离招待所适度远的地方，然后坐在地上。有好一会儿，她坐着、半合着眼，一动也不动。

感受这种安详平静逐渐渗到心里的感觉真好，她心想，要来好好感受一下这样的好处：具有疗效的空气、可爱的温暖阳光，还有这一切所带来的安详感。

她持续保持这姿势。过了一会儿，看看表，十点十分。

她心想：今天早上时间过得挺快的……

写几句话给芭芭拉怎么样？真是的，昨天怎么没想到要写信给芭芭拉，反而给在英国的朋友写了那些无聊信，这可真怪。

她拿出信纸和笔。

亲爱的芭芭拉（她写道）：

我旅途并不顺利，错过了星期一的火车，显然要在这里困上好几天了。这里非常宁静，阳光很好，所以我挺开心的。

她停下笔来。接下来要说些什么？讲讲宝宝还是威廉？布兰奇究竟是什么意思？“不用担心芭芭拉”？难怪！这就是为什么琼不愿意想起布兰奇的原因。布兰奇讲起芭芭拉的事时，是那么怪异。

讲得好像她这个身为芭芭拉母亲的人，连自己孩子的事都不知道似的。

“我肯定她现在没事了。”这是说曾有什么事不对劲吗？

是哪方面的事呢？布兰奇曾经暗示说芭芭拉太早婚了。

琼忐忑不安起来，她记得罗德尼也说过类似的话。他曾经很突然又罕见地断然说过：“琼，我很不乐见这桩婚事。”

“噢，罗德尼，为什么？他人这么好，而且他们两个看来又登对得很。”

“他是个很不错的年轻人，可是芭芭拉并不爱他，琼。”

她吃了一惊，大大吃了一惊。

“罗德尼，真是的，多荒谬啊！她当然爱他！要不然她干吗想嫁给他？”

他颇隐讳地回答说：“这就是我所担心的。”

“可是，亲爱的，说真的，你是不是有点荒谬？”

他没理她那种刻意的轻松语气，反而说：“要是她不爱他的话，就绝对不可以嫁给他。她太年轻，也太没定性了。”

“哎，真是的，罗德尼，你对于定性懂多少呢？”

她忍不住觉得好笑。

但罗德尼笑都不笑。他说：“有时候，女孩子的确会为了要离家而嫁人的。”

听到这里，她索性哈哈笑了起来。

“没有哪个家比得上芭芭拉的家了！哎，有哪个女孩的家庭生活比她的更幸福？”

“琼，你真的这样认为吗？”

“那还用说！我们家样样事都为儿女做得十全十美。”

他缓缓地说：“他们好像不怎么带朋友来家里。”

“哪有？亲爱的，我常常举办派对，邀年轻人来家里啊！这点我早就强调过了，是芭芭拉自己说她不想办派对，也不想请人来的。”

罗德尼以一种令人不解又不满的态度摇着头。

后来，那天晚上，她正要进房间时，却听见芭芭拉很不耐烦地大声叫嚷：“爸爸，没用的，我非走不可。我再也受不了了，也别叫我去别的地方找个工作，我讨厌这样。”

“怎么回事?”琼问。

停了一下，只是一下下而已，芭芭拉开口解释，脸不由自主红了起来。

“爸爸以为他最懂!他要我先订婚几年。我跟他说我受不了这样，我要嫁给威廉，跟他去巴格达。我认为那里会很好。”

“哦，亲爱的，”琼着急地说，“但愿你不要嫁到那么远的地方。我宁愿你就像以往一样待在我眼前。”

“噢!母亲!”

“我知道，亲爱的，可是你不晓得自己有多年轻、多没经验。要是你住得离家不太远，我就能帮你很多忙了。”

芭芭拉微笑着说:“嗯，看来好像我得自力更生，不能沾你的经验和智慧之光了。”

就在罗德尼缓缓走出房间时，芭芭拉突然追上去，从后面抱住他脖子说:“亲爱的老爸，亲爱、亲爱的……”

真是的!琼心想，这孩子变得感情相当外露。但这好歹显示出罗德尼的想法大错特错。芭芭拉正陶醉在跟她的威廉一起去中东的念头中，而且看到恋爱中的两个年轻人对未来充满计划，真好!

去巴格达竟然会牵扯到芭芭拉在家里不开心，这想法真怪。不过这似乎是个谣言和闲话满天飞的地方，搞得人都不太喜欢提到别人。

就拿瑞德少校来说吧。

她本人从来没跟瑞德少校见过面，但是芭芭拉写回家的信上却经常提到他。瑞德少校来吃晚饭。他们跟瑞德少校去射击。芭芭拉夏天要去阿坎杜斯，和另一个少妇同住一栋平房，瑞德少校也在同时期去了那里。他们一起打了很多次网球，后来，芭芭拉和他还赢了俱乐部的混合双打。

所以，对琼来说，顺口问起瑞德少校是很自然的事。她久闻此人，因此当然老早就想见见他了。

结果她这一问起，场面就尴尬得很莫名其妙。芭芭拉脸色发白，威廉却涨红了脸。过了一两分钟，他才以很奇怪的语气含糊地说："我们现在没怎么见到他了。"

他的态度很忌讳的样子，因此她就不想再说什么了。但后来等芭芭拉上床睡觉以后，琼重提此事，微笑着说，她好像说错话了。她本来以为瑞德少校是个往来挺密切的朋友。

威廉站起身来，把烟斗往壁炉上敲敲。

"喔，我不知道算不算，"他含糊地说，"我们在一起射击过几次，就这样而已。但已经很久没来往了。"

琼心想，他并没有掩饰得很好。她暗笑，男人都这么一眼就能让人看穿。她对威廉这种老派的含蓄感到有点好笑，他可能以为她是个很一本正经又古板的女人，一般常见的岳母。

"我晓得了。"她说，"有些丑闻呢？"

"你是指什么？"威廉颇生气地转向她。

"好女婿！"琼微笑着对他说，"从你的态度就可以明显看出，我猜你是发现他有些不对劲，所以不得不跟他疏远。噢，我不应该多问的。这些事情很让人痛心，我知道。”

威廉缓缓地说：“对……对，你说得对。这些事是让人很痛心。”

“人都以君子之心去看待别人，”琼说，“然后，当发现自己看错人时，就很尴尬又不愉快了。”

“他已经在本地消失了，这倒是好事。”威廉说，“他去了东非。”

然后琼突然想起有一天在阿威亚俱乐部里无意间听到的谈话片段，是关于诺比·瑞德去乌干达的事。

有个女人说：“可怜的诺比，这里的每个小傻瓜都追求他，这实在不是他的错。”

然后另外一个年纪比较大的女人很不屑地笑着说：“他也真为她们不厌其烦哩。他喜欢的是那些如朝露般涉世未深的新嫁娘。我得说他真的很有一手！他非常有吸引力，女孩们总以为他在热恋着自己，其实这时他通常正想着转移到下个目标。”

“哎，”前一个女人说，“我们都会很想念他的，这人真有趣。”

其他人都笑了起来。

“有一两个丈夫可不会对他的离去感到遗憾哩！事实上，没几个男人喜欢他。”

“他在这地方的确闹出太多的事，搞到自己都待不下去了。”

然后第二个说话的女人“嘘”了一声，声音小了下来，于是琼就再也听不到什么了。当时她没怎么留意这番谈话，但现在回想起来，她感到好奇。

要是威廉避而不谈，说不定芭芭拉比较肯松口。

哪知芭芭拉非但没有松口，反而非常明确又相当不以为然地说：“我不想提他，母亲，你不介意吧？”

琼心想：芭芭拉向来都不愿谈任何事情。她对自己的病情以及病因都绝口不提，又很敏感，颇令人费解。一开始说是中毒，琼就自然而然地将它当作是某种食物中毒。食物腐坏在这种炎热天气是很常见的，所以她就这么认为了。然而威廉和芭芭拉都很不愿意谈详情，身为芭芭拉的母亲，她自然会去询问医生，结果医生也三缄其口，不谈此事。他还叮咛不可去问年轻的瑞太太病情，或者让她老想着自己的病。

“她现在需要的是细心照料，慢慢恢复健康。讨论为什么以及病况，谈这些有的没的对病人一点好处都没有。斯丘达莫尔太太，这是我给你的一个提醒。”

琼觉得他是个很不讨人喜欢、没人情味的人。即使琼出于母爱、十万火急地从英国赶来，他却一点也没把这当一回事。

好吧，不管怎样，芭芭拉倒是很领情的，起码琼认为如此……她的确有好好地感谢自己的母亲。威廉也一样，说她有多好等等。

她说过多么希望母亲能够再待下去，而威廉则说，对，他也这样希望。然后她叫他们别怂恿她，因为真的太诱人了，她会喜欢在巴格达过冬的，但毕竟要替芭芭拉的父亲着想，这样对他很不公平。

芭芭拉则小声含糊地说“亲爱的老爸”，过了一会儿之后才说：“母亲，说真的，你为什么不多待一阵子呢？”

“你得替你爸爸想想啊，亲爱的。”

芭芭拉用她过去偶尔会有的奇怪冷淡语气说，她是在替爸爸着想啊！可是琼说，不行，她不能把亲爱的可怜老伴丢给用人们。

就在她离开之前几天，一度差点改变主意。她大概可以再多留一个月，但威廉却颇具说服力地指出，在这季节太晚走的话，沙漠地区的交通会有太多变数。她早就对此有所警觉，也决定最好还是按照原定计划。那之后，威廉和芭芭拉都对她好得很，以至于她差点又想改变主意——但也不完全真的想就是了。

不过说真的，在这季节里不管多迟才上路，都不会比眼前这情况更糟的了。

琼又看看表，差五分十一点。人似乎可以在相当短的时间内想很多事情。

如果把《权力之家》带出来就好了，不过这大概是她能阅读的唯一书籍了，还是把它留在招待所里比较明智，留着慢慢看。

到吃中饭前还有两个小时要打发。她今天想要在一点钟吃中饭，说不定最好再走一下。只不过这样漫无目的地走，没有个特定目标，看起来挺傻的，何况太阳又挺晒的。

好吧，她不是经常希望能有些时间可以想想事情吗？眼前正是大好机会，即使不是绝后，也算是空前了。那么，有哪些事情是她曾经亟须想清楚的呢？

琼在脑海中搜索，但是绝大部分好像都是些彼时彼地才重要的事：要回想她把这个或那个放在哪里了，要决定怎样安排用人放暑假，要怎么重新布置家中原本当作课室的房间。

这些事情现在看来都颇遥远又不重要。在十一月就计划用人的暑假实在太早了，何况，她得要知道圣灵降临节是哪天，需要有明年的历书才行。不过倒是可以决定一下课室要怎么重新布置。墙壁要用浅米色。米灰色套子加上鲜艳的靠垫怎么样？对，这样很好。

十一点十分。重新布置课室并没有花多少时间！

琼模糊地想着，要是早知道的话，我就会带些关于现代科学和新发现的有趣书籍来，譬如量子学之类的。

然后她觉得奇怪，是什么让她想起量子学？对了，是桌布，还有舍斯顿太太。

因为她有一次和银行经理舍斯顿的太太在讨论客厅沙发印花布面等恼人问题，聊到一半，舍斯顿太太很突兀地说："但愿我够聪明，能懂得量子学就好了。那实在是很迷人的理念，不是吗？所有的能量都藏在小小的单位里。"

琼当时傻眼看着她，因为实在想不出科学理论和印花布面有什么关系。舍斯顿太太则脸红起来说："我真是傻头傻脑的。不过你知道脑子有时就是会突然想到些什么，而且这的确是个很扣人心弦的理念，不是吗？"

琼却不认为这个理念有什么扣人心弦的，于是谈话就此打住。不过她倒是记得舍斯顿太太的印花棉布——或者该说是手染的布面，图案是棕、灰、红色的叶子。她曾问："这看来好别致，会很贵吗？"舍斯顿太太说，对，很贵；然后又补充说，之所以买下来，是因为她很喜欢森林和树木，她的梦想是能去缅甸或马来西亚之类的地方，那儿的东西生长得很快，真的很快！她又用急切的语气说了一遍，一面用颇笨拙的手势比画出那种迫不及待的心情。

那种布面，如今琼回想起来，一码起码要十八先令六便士，在当年简直是离谱的价格。要是晓得舍斯顿经理给太太多少家用和装潢布置费的话，人们心里就有数，将来会有什么样的结果。

琼自己从来都不喜欢那个男人。还记得坐在银行那人的办公室里，讨论重新投资某些持股时，舍斯顿坐在办公桌后，跟她面对面。他是个高大活泼、散发出和蔼友好气氛的男人，礼数颇为夸张……"亲爱的女士，我是见过世面的人，"他好像在这样表示，"别以为我只是一部金钱机器。我是网球员、高尔夫球手，很会跳舞、打桥牌。真正的我，是你在派对上见到的那个，不是在办公室里说'不得再透支'

的那个人。”

一个满口空话的吹牛大王！琼愤怒地想。品行不端，永远品行不端。他一定是从一开始就做假账，或者用了其他欺诈手法。然而几乎每个人都喜欢他，说舍斯顿是个多么好的人，一点都不像一般的银行经理。

嗯，这点倒是真的，一般的银行经理是不会亏空公款的。

好吧，好歹莱斯莉·舍斯顿从中得到了她那套手染布面。倒不是说有人认为舍斯顿因为娶了个奢侈的太太所以才走上了欺诈的路，你只要看看莱斯莉·舍斯顿，就知道钱对她来说没什么意义。她总是穿着破旧的绿色花呢衣服，在花园里到处挖掘；要不就在乡下漫游。她也不怎么管孩子穿得好不好。有一次——那是很后来的事——琼记得，有天下午莱斯莉·舍斯顿请喝下午茶，拿了大面包和一条牛油出来，还有些自制果酱，连同厨房用的茶杯、茶壶等，通通堆在一个托盘里端上来。她是个邋遢、开朗、粗枝大叶型的女人，走起路来有点歪向一边，脸也似乎跟着集中在那一边，但这边脸上的笑容却挺好的，使得人们喜欢她这个人。

啊！真是的，可怜的舍斯顿太太，她的人生很凄惨，非常凄惨的人生。

琼不安地挪动着。她怎么让“凄惨的人生”这样的形容跑到脑子里来了？这让她想起了布兰奇·哈格德（不过那却是另一种凄惨的人生）。想到布兰奇，就又让她回想起芭芭拉以及和她病情相关的细节。难道除了会引人痛苦而不愿去想的事之外，就没别的事好想了吗？

她又看看表。起码，手染沙发布面以及可怜的舍斯顿太太已经花掉了将近半小时。现在她还可以想些什么呢？一些愉快的、不会联想起令人困扰之事的。

罗德尼大概是可以想的最保险主题了。亲爱的罗德尼，琼满心愉快地想着丈夫，脑海浮现出上次在维多利亚火车站月台，火车即将开动时，他向她告别的情景。

对，亲爱的罗德尼。他站在那里抬头望着她，阳光照耀着，无情地把他眼角的细纹照得一清二楚。很疲累的眼神，对，很疲累的眼神，有着深沉忧伤的眼神。（不对，她心想，罗德尼并不忧伤，那只是长相使然。某些动物天生就有忧伤的眼神。）何况，通常他都戴眼镜，所以你不会留意到他眼中的忧伤。但是他看起来的确像个疲累的人。这也难怪，他工作得这么辛苦，几乎没放过一天假。（等我回去以后，我要改变这一切，琼心想，他得要有多一点的休闲时间，我早该想到这点。）

没错，在明亮阳光下，他看来老了，或比实际年龄老。她在车上往下看，他则抬头看她，两人互说一些分别前的无聊客套话。

"我想你到了法国加莱应该不用过海关。"

"不用，我相信应该是直接就上东方快车。"

“记住，是布林迪西车厢。我希望地中海人规矩些。”

“但愿我能在开罗逗留一两天。”

“你何不就这么做呢？”

“亲爱的，我得赶去芭芭拉那里。每个星期只有一班飞机。”

“就是，我忘了。”

开车的哨子响了。他微笑仰望着她。

“照顾好自己，小琼。”

“再见，别太想我喔！”

火车猛然晃震一下，启动了。琼把手抽回来。罗德尼挥挥手，然后转身走开。一个冲动，她又探身窗外，罗德尼正大步走在月台上。

看到那个熟悉背影，她突然感到一阵悸动。他看起来多年轻啊！头抬得高高的，肩膀挺直。这让她相当震惊……

她看到的，是个年轻、逍遥自在的男人，在月台上昂首阔步。

这让她想起了当年刚认识罗德尼的那天。

在网球俱乐部，人家把罗德尼介绍给她，然后两人就直接到网球场上去了。

他说：“我打靠网的位置好吗？”

也就是在那时，她见到他的背影，看着他大步走到网前就位，心里想着：他的背影真帅……走路时那种潇洒自信，头部和颈部的姿态……

然后她突然紧张起来，双发失误，不禁脸红耳热，感到很难为情。

这时罗德尼回过头来，对她鼓励地笑笑——那亲切、友善的微笑！那时她就想，多么有魅力的年轻人啊……接着就爱上他了。

从火车上望出去，看着罗德尼渐行渐远的背影，直到被月台的人潮淹没，她回味着多年前的那个夏天。

简直就像岁月突然从罗德尼身上消失了，让他再度成为当年那个热切、有自信的年轻人。

仿佛岁月消失了……

猛然间，虽然置身在沙漠里，烈日当头，琼却不由自主地打了个寒战。

她心想，不，不要，我不要再想下去了，我不要再去想这个。

罗德尼昂首挺胸、大步走在月台上，疲累下垂的双肩不见了，这是个从难以承受的重担中解脱的男人……

真是的，她是怎么回事？她在胡思乱想，编造出这些事。是她的眼睛戏弄了她。

他为什么没有等到火车开走为止？

嗯，他为什么要等？他要赶着回伦敦处理待办的事。有的人不喜欢看着火车离站，因为受不了火车把他们心爱的人带走。

说真的，不可能有人像她这么清楚记得罗德尼的背影的！

她是在凭空想象。

停，这样想也好不到哪里去。要是你会想象出这样的事，就表示这念头其实老早潜伏在你脑中了。

可是这不可能是真的，她推理得出的结果根本不可能是真的。

她是在跟自己说（不是吗？）：罗德尼很高兴她走掉……

但这根本不可能是真的！

第四章

琼回到招待所时，确实热坏了。她不自觉地加快了脚步，以便逃离最后在想的那个不愿去想的念头。

印度人好奇地看着她说：“夫人走得好快。为什么走这么快？这里时间很多的。”

噢！上帝，琼心想，时间的确是很多！

那个印度人、招待所、母鸡、空罐头，还有铁蒺藜，全都惹得她心烦。

她走进寝室，找出了《权力之家》。

起码，她心想，这里凉爽又阴暗。

她翻开《权力之家》读了起来。

到了午饭时间，她已经看了一半。

午饭有煎蛋卷，蛋卷周围放了焗烤豆子。蛋卷之外，是一盘热鲑鱼配饭，还有罐头杏子。

琼没吃很多。

饭后她回房间躺下。

要是在高温下走太快而有点中暑的话，睡一下会比较好。

她合上眼但却睡不着。

她感到脑子特别清醒。

她起身吃了三颗阿司匹林，又回床上躺下。

每次一合上眼，就见到罗德尼的背影在月台上渐行渐远，离开了她，真让人受不了！

她把窗帘稍微拉开，让一些光线进来，然后拿起《权力之家》。读到离结尾还有几页时，她睡着了。

她梦见自己跟罗德尼要去比赛，结果找不到球，但最后还是上了场。等到她开始发球，却发现自己是在跟罗德尼和伦道夫那个小妞对打。她发球，却双发失误。她心想，罗德尼会帮我。可是她去找他却找不到。人都走光了，天也渐渐黑了。只有我一个人，琼心想，我孤单一人。

她惊醒过来。

“我孤单一人。”她大声说。

梦境仍笼罩着她，在她看来，刚刚说出口的话简直太可怕了。

她又说了：“我孤单一人。”

印度人伸头进房间问："夫人叫我吗？"

"对，"她说，"送茶来。"

"夫人要茶？现在才三点钟。"

"无所谓，我要茶。"

她听到他边走远边大叫说："茶——茶。"

她起床走到苍蝇屎斑斑的镜子前，看到自己正常、光彩的模样，很令她安心。

"我想，"琼对着镜里的自己说，"你会不会是快要病了？你表现得很古怪。"

说不定她的确中暑了？

等到茶送来时，她觉得自己已经恢复正常了。事实上，整件事真的很滑稽，她，琼·斯丘达莫尔，竟然会这么神经兮兮的！不过当然不是发神经，而是因为中暑。太阳没下山之前，她是不会再出去的了。

她吃了些饼干，喝了两杯茶，然后看完了《权力之家》。就在合上书的时候，一阵疑虑突然袭来。

她想到：现在我没东西可阅读了。

没东西可阅读，没纸笔可写，没女红可做，什么都没得做，只能等着问题多多的火车，而火车则可能几天都不来。

当印度人来撤茶时，她对他说："你在这里都做些什么？"

印度人似乎对这问题很感惊讶。

"我照顾旅客，夫人。"

"我知道。"她耐着性子问，"但这花不了你所有时间吧？"

“我服侍他们吃早饭、中饭、下午茶。”

“不，不，我指的不是那个。你有帮手吗？”

“有个阿拉伯男孩，很笨、很懒、很脏，什么都要我盯着，不能靠这个小子。他负责送洗澡水、倒掉洗澡水、帮忙做饭。”

“这么说，你们总共有三个人，你、厨子，还有那个男孩？你们不用做事的时候，一定有很多时间。你阅读吗？”

“阅读？阅读什么？”

“书本。”

“我不阅读。”

“那你不用工作的时候，都做些什么？”

“我等着做更多工作。”

没用的，琼心想，没办法跟他们交谈，他们根本就不懂你的意思。这个人一直待在这里，日复一日，我料想，有时他也会放假，到镇上喝个醉，并去看看朋友。但是连着很多星期他都是待在这里。他当然有那个厨子和男孩做伴……那个男孩不用工作时，就躺在阳光下睡觉，生活对他而言就是这么简单。他们对我一点用都没有，三个都没用。这个人懂得的英文就只有吃和喝，还有“天气很好”。

印度人走出了房间，琼心情浮躁地在房里踱着步。

“我不可以发傻，一定要做点计划。为自己安排好思维流程，真的不准再让自己……嗯……胡思乱想了。”

她检讨着，真相是，她向来过着充实又紧凑的生活，乐趣无穷，那是一种文明生活。如果生活是这样的平衡，那么当你面对无所事事的空虚时，免不了就茫然不知所措了。你愈是个能干又有文化的女人，就愈难面对这种处境。

当然，有些人就算是在英国老家，也常常闲坐几小时什么也不做。想来他们会相当乐意过眼前这种生活。

即使是算得上活跃又精力充沛的舍斯顿太太，也会偶尔光是闲坐，什么都不做。那通常是在她去散步的时候。她先是以惊人的精力走着，然后突然往一段原木或在一片石楠花丛中坐下来，就只是坐着凝望空中。

就好比那天，琼以为那是伦道夫妞儿……

回忆起自己当时的举动，她有点脸红起来。

真的，那举动挺像在偷窥。这种行为有点让她惭愧，因为，她其实并非那种女人。

但是话说回来，遇到像伦道夫这种女孩……

这妞儿像是什么道德观念都没有……

琼竭力回想事情是怎么个来由。

她送了些花去给加尼特老太太，然后才刚踏出那栋乡下小屋门口，就听到树篱外的路上传来罗德尼的声音。除了他的声音，还有个女人在回答他。

她赶快向加尼特太太告辞，走出门口来到外面的路上，刚好看见罗德尼的身影。她也很确定看见了伦道夫妞儿，正悠然转过山路拐角，往阿谢当山丘走去。

当然，对于自己当时的举动，她并不觉得光彩，可是那时她觉得非得要知道不可。这不是罗德尼的错，大家都知道米娜·伦道夫是什么样的人。

琼走上那条经过哈灵树林的上坡小径，穿出树林后，来到阿谢当山丘光秃秃的山坡上，立刻就看到了他们的身影——两个人坐着动也不动，凝望着山下发白、闪耀的乡间景色。

看清楚了不是伦道夫妞儿而是舍斯顿太太之后，她真的大大放下心来！他们甚至没靠近坐在一起，两人之间起码有四英尺的距离。真是的！挺可笑的距离，连朋友都算不上！不过话说回来，莱斯莉·舍斯顿不算是很友善的人。意思是说，她并非善于表达友善的那种人，而且也绝对不是会被当成狐狸精的人，把她和狐狸精联想在一起很滑稽。不，她应该只是出来散步，罗德尼正好赶上了她，出于他惯有的友善和礼貌，就顺便陪她。

此刻，在爬上阿谢当山坡之后，他们就坐一会儿，欣赏一下景色，然后再下山。

说真的，叫人吃惊的是，他们居然既不动也不说话。她心想，这可不是做伴的方式。喔，好吧，想来他们两人都各有自己的心事。可能他们觉得彼此已经熟到可以不拘礼，不用客套地说话或交谈了。

因为那时斯丘达莫尔夫妇已经跟莱斯莉·舍斯顿熟识。舍斯顿亏空公款的事件爆发，让克雷敏斯特的人大为惊愕，舍斯顿本人当时正在狱中服刑。罗德尼在审判期间是舍斯顿的代理律师，也是莱斯莉的代理律师。他很为莱斯莉感到难过，带着两个年幼孩子，又没有钱。大家都准备好要为可怜的舍斯顿太太感到难过的，要是他们后来没有那么难过，那也是莱斯莉·舍斯顿的错，因为她始终不改开朗的态度，让某些人很感震惊。

“我想，她一定是……”琼曾对罗德尼说，“挺麻木不仁的女人。”

罗德尼颇不客气地回答说，莱斯莉·舍斯顿是他见过比谁都有勇气的女人。

琼说：“哦，是啊！勇气。可是勇气并非一切！”

“难道不是一切吗？”罗德尼反问，语气相当古怪。接着就去上班了。

不可否认，勇气的确是莱斯莉·舍斯顿的美德。面对要养活自己和两个小孩的问题，又没有一技之长，结果她还是克服了。

她先去帮菜农打工，直到完全学会了这一行；同时又从一位姑姑那里获得一小笔补助，和孩子租房子住。舍斯顿出狱时，发现她种水果蔬菜卖到市场上去，已经在全然不同的生活圈中立足了。他驾驶曳引车出入附近小镇，孩子也帮忙做事，他们也因此总算过得不错。舍斯顿太太做牛做马般勤奋操劳，这点尤其功不可没，她一定就是在那段时期里开始有很多病痛，最后终于因此没命。

唉！好吧，琼心想，想来她是真的很爱那个男人。舍斯顿的确算是个帅男人，很受女人垂青。但他出狱时，看起来却颇不一样了。琼后来只见过他一次，却对他的改变大感震惊——眼神不定，又瘦又瘪，仍然爱吹嘘，仍然气焰高涨，意图唬人。一个残渣般的男人。可是他的妻子却仍然爱他，不离不弃，这点倒让琼对莱斯莉·舍斯顿肃然起敬。

但另一方面，她认为莱斯莉对孩子的事处理得完全不对。

舍斯顿被定罪后，曾经接济过他们的姑姑在他要出狱时，又进一步提供了机会。

她说她愿意领养小儿子，她也说服了另一个叔叔替大儿子付学费，而她本人则会带两个孩子去度假。他们可以采用单方契约改跟叔叔姓，而她和这个叔叔则会为孩子的将来负起经济上的责任。

莱斯莉·舍斯顿二话不说就回绝了这个提议。在这点上，琼认为她很自私，她是在帮孩子推掉好得多的生活，这种生活是她无法给孩子的，而且她还推掉了让其中一个孩子免于沾染家丑污名的机会。

不管她有多爱两个儿子，琼认为——罗德尼也同意她的看法——都该先为孩子的人生着想，而不是先想她自己的。

可是莱斯莉态度相当强硬，罗德尼只好放手不管。罗德尼曾叹口气说，他料想舍斯顿太太对自己的事最清楚。琼心想，她无疑是个很固执的人。

在招待所里焦躁地来回踱步时，琼想起了莱斯莉·舍斯顿那天坐在阿谢当山坡上眺望的模样。

她倾身向前，两肘撑在膝上，双手托着下巴，很奇怪地坐着不动，眺望着农田和耕地，望向小哈佛灵树林山坡，那里的橡树和榉木正渐渐变成金色和红色。

她和罗德尼坐在那里，那么安静，毫无动静，只盯着前方。

为什么没有过去跟他们说话，或者加入他们？琼自己也搞不清楚。

也许是因为她怀疑罗德尼跟米娜·伦道夫有染，觉得良心不安所致？

总之，她没有去跟他们说话，反而悄悄地从原路退回，走进树林的遮蔽之中，然后走上回家的路。这是她从来不很愿意去回想的事，当然更从来没跟罗德尼提起。他可能会认为她在怀疑什么，怀疑他和米娜·伦道夫有染。

罗德尼走在维多利亚火车站月台上……

噢！老天，她可不会又要从头去想这件事吧？

究竟是什么让她的脑袋产生出这种怪念头的？认为罗德尼（他一向都对她很专一的）会很乐得她不在眼前？

简直就像是以为自己可以从男人的走路方式看出一切似的！

她打算把这整个可笑的想法抛到脑后。

要是老想象出这么奇怪又不愉快的事的话，她最好就不要再去想任何跟罗德尼有关的事了。

直到目前为止，她从来都不是个会胡思乱想的女人。

一定是被太阳晒昏了。

第五章

那个下午和晚上都过得奇慢无比。

琼不想再在太阳当空之际出去了，等太阳快落下去时再说吧，所以就在招待所里呆坐着。

大概过了半小时后，她又感到静坐在椅子上实在很吃不消，就走进寝室，打开行李，取出东西，然后重新打包。她告诉自己说，衣物没有折叠得很好，她大可来做好这件事。

她很利落快速地做完了这件事。这时已经五点钟了，现在出去应该很安全，待在招待所里实在令人气闷，但愿有东西可以阅读就好了……

再不然，琼绝望地想着，有个巧连环玩玩也好！

来到外面，她厌恶地看看那些空罐头和母鸡，还有铁蒺藜。真是个穷山恶水的地方，糟透了。

她走着，为了有些改变，她朝着跟铁轨和土耳其边界平行的方向走去，这样的走法给了她一点新鲜感。但是走了一刻钟之后，效果又一样了。这条位于她右边四分之一英里、向前后延伸的铁路，一点都没有给她做伴的感觉。

除了寂静之外，什么都没有，只有寂静和阳光。

琼突然想到她大可以背背诗，以前人家都认为她是个诗背诵得很好的女生。经过了这么多年，现在来看看她还记得多少是很有意思的事。有段时期，她能背相当多首诗。

> 慈悲的特质是勉强不来的，
> 它就像天堂落下来的细雨。[①]

接下来还有什么？真笨，根本就不记得了。

> 别再害怕骄阳的炙热

（这句开头倒很贴切！然后呢？）

> 也别害怕严冬的酷寒
> 你的人间任务已完成

---

① 出自莎士比亚剧作《威尼斯商人》（*The Merchant of Venice*）。

带着你的酬劳回家去

金童和玉女全都得走

和扫烟囱者同归尘土[①]

整体来说，这不是很喜气的诗。她能不能记起哪首十四行诗呢？她以前知道那些诗的。“两颗真心的结合”，就是罗德尼曾经问过她的那首。

有一天晚上，罗德尼突然很奇怪地问她：“‘然而你那恒久的夏天将永不消逝’[②]，这是莎士比亚的诗，对吗？”

“对，出自十四行诗。”

他又说：“‘我绝不让两颗真心在结合时遇到障碍’，是这首吗？”

“不是，是以‘我能否把你比喻作夏日’开头的那首。”

然后她就把整首诗背给他听。真的朗诵得很好，表达出很多感情，也在适当处加以强调。

背完后，他并未加以赞许，反倒若有所思地重复念道：“狂风摧残了娇嫩的五月花蕾[③]……可是现在已经十月了，不是吗？”

这话说得实在太不寻常了，以致她瞪眼看着他。他接着说：“你知道另外那首吗？那首讲两颗真心结合的？”

---

① 出自莎士比亚剧作《辛白林》(*Cymbeline*)。

② 出自莎士比亚十四行诗第十八首。

③ 本句与“我能否把你比喻作夏日”同样出自莎士比亚十四行诗第十八首。

“知道。”她停了一下，接着就开始朗诵起来：

我绝不让两颗真心在结合时
遇到障碍。爱不是爱——
如果见风就转舵，
或遇动摇就屈服；
啊，不，它是永远固定的标志
在暴风雨中供仰望并永不动摇，
它是指引每艘迷航之舟的那颗星
它的价值难估算，虽然高度可测量。
爱不受岁月愚弄，虽然红唇与红颜
难逃岁月之镰刀收割；
爱不会在短暂的时刻与星期中转变，
反而承受岁月甚至到地老天荒。
如若这番话是错的，并向我证实了
我就是从未写作过，世人也未曾爱过。①

她朗诵完了，最后几句还加强了语气，充满戏剧化的热情。

“你不认为这首莎士比亚的诗我朗诵得挺不错吗？在学校时，人家都这样认为，说我念起诗来很有感情。”

---

① 出自莎士比亚十四行诗第一一六首。

但罗德尼只是心不在焉地回答说："这首诗其实不需要用什么感情去念，光是文字本身就很有感情了。"

她叹口气喃喃地说："莎士比亚真的很精彩，可不是吗？"

罗德尼则回答说："他真正精彩的地方是，他不过是个跟我们这些人一样的可怜鬼。"

"罗德尼，你这话可真奇怪。"

他对她露出微笑，接着，仿佛刚清醒过来似的说："是吗？"

他站起身来走出房间时，喃喃说道："狂风摧残了娇嫩的五月花蕾，夏日期限太苦短。"

她搞不懂他说的那句"可是现在不已经是十月了吗？"是什么意思。

他到底在想些什么？

她还记得那年十月，天气特别好，不冷不热。

奇怪……现在她回想起来，罗德尼问她十四行诗的那天晚上，正好就是她看到他和舍斯顿太太坐在阿谢当山上的那一天。说不定是舍斯顿太太引述了莎士比亚的诗，不过却不大像，因为她认为莱斯莉·舍斯顿根本就不是知识分子型的女人。

那年的十月实在很美好。

她清楚记得，过了几天之后，罗德尼语带困惑地问她："这时节会长出这种东西吗？"

他当时指着一株杜鹃花。通常是在二月底或三月才开花的，但这株却开得太早了。这株杜鹃开了血红色的花朵，还长满了花苞。

“通常不会，”她告诉他说，“春天才是开花季节。不过要是秋天气候温暖的话，有时候也会开花的。”

他用手指轻轻摸了其中一个花蕾，低声喃喃地说：“娇嫩的五月花蕾。”

三月，她告诉他，不是五月。

“就跟血一样。”他说，“从心头滴下的血。”

真不像罗德尼的作风，她心想，竟然会对花朵有兴趣。

但是从那之后，他就一直对那株杜鹃情有独钟。

她还记得，多年之后，他总是在纽扣孔上插一朵大花蕾。

花蕾太重了，当然！所以她早就知道一定会从纽扣孔掉下来。

那时他们在教堂墓园里，一个最不寻常的地方。

她是在回家的路上经过教堂时，看到他在那里，于是就过去跟他会合，问说：“罗德尼，你在这里做什么？”

他笑着说：“在想我以后的结局，以及墓碑上要写些什么。不要用花岗岩，我想，太温雅了。而且绝对不要有胖嘟嘟的大理石天使像。”

他们那时正低头看着一块新的大理石墓碑，上面有莱斯莉·舍斯顿的名字。

罗德尼顺着她的视线看去，缓缓念出墓碑上的字。

"莱斯莉·阿德林·舍斯顿，查尔斯·爱德华·舍斯顿的爱妻，于一九三〇年五月十一日安息。上帝会拭去他们的泪水。"

停了一下之后，他又说："想到莱斯莉·舍斯顿躺在像这样的一块冰冷大理石下面，似乎是蠢得要命的事，而且只有像舍斯顿那种天生蠢蛋才会选择这样的碑文。我不认为莱斯莉这辈子哭过。"

琼感到有点震惊，又像是在玩个有点亵渎的游戏般说："那你会选择什么样的碑文？"

"选给她？我不知道。《圣经·诗篇》里不是有这样的诗句：在您面前有满足的喜乐。我会选类似的句子。"

"我说的是为你自己选。"

"哦，为我？"他想了一两分钟，自顾自地微笑着。"耶和华是我的牧者，他领我到青草地上。这两句对我非常合适。"

"我向来都认为，这种天堂意象听起来挺沉闷的。"

"琼，你认为天堂是怎么样的呢？"

"嗯……当然也不是那种金色大门等等之类的。我喜欢把它想象成一个国度，那里的每个人都用某种神奇的方式让人间变得更美、更幸福。为人服务，这是我对天堂的看法。"

"你可真是个可怕的虚伪小人，琼。"他笑着说出这玩笑般的话，减轻了话中的刺。然后他说："不用了，绿色幽谷对我来说就够了。还有羊儿在傍晚的凉风中跟着牧羊人回家……”

他停了一下又说：“琼，说来这是我自己的荒谬幻想，但我有时却会玩味着这个念头，想着下班回家的路上，我走在大街上，本应该顺着巷道走进钟铃径的，结果却走进一处隐藏的山谷，山谷里有青草地，两边是柔美的树林山峦。这山谷一直都存在着，隐秘地坐落在镇中心。你从繁忙的大街走进山谷，感到有些困惑，也许会说：‘我走到哪里啦？’然后人家就告诉你——你知道的，用很客气的口吻说：你已经死了……”

“罗德尼！”她是真的吓了一大跳，被吓住了。“你……你病了，你一定是病了。”

那是她第一次略知他的状态——精神崩溃的前兆。没多久，就导致他到康沃尔郡的一家疗养院住了两个月左右。他在那里似乎颇满足于静静躺着听海鸥的叫声，凝望着窗外绵延到大海的灰扑扑、无树的山峦。

但直到那天在教堂墓园时，她才发觉他是真的工作过劳了。当时他们转身要走回家，她挽着他，催他往前走，这时见到那朵沉重的杜鹃花蕾从他外套上落了下来，掉在莱斯莉的坟上。

“喔，你看，”她说，“你的杜鹃花。”然后弯腰要去捡起来，但他马上说：“就让它留在那里吧。留给莱斯莉·舍斯顿好了。毕竟……她是我们的朋友。”

然后琼立刻说，真是好主意，明天她会再带一大把黄菊花来。

她还记得罗德尼对她露出了古怪的微笑，让她有点害怕。

没错，她那天傍晚确实感到罗德尼有点不对劲。当然，她根本没想到他已经快要崩溃了，但她的确知道他有些不一样……

回家的路上，她一直心焦地问他问题，但他却没说很多，只是不断重复着："我累了，琼……我很累。"

然后有一次，他说了更令人费解的话："我们没法都勇敢……"

之后才一星期，有天早上，他梦呓般地说："我今天不起床了。"

接着就躺在床上，不跟人说话，也不看人，就只是躺在那里，静静地微笑着。

然后医生和护士频频上门，最后安排他住到崔佛彦疗养院去做长期疗养，不准收信件、电报，也不准见访客，甚至不准琼去看他——连自己的太太也不行。

那是段悲伤、令人茫然又困惑的时期。孩子们也很难相处，一点都帮不上忙，表现得好像这都是她——琼——的错似的。

"让他在办公室里像个奴隶似的做牛做马——母亲，其实你很清楚，父亲这些年来工作实在太辛苦了。"

"我知道，孩子们。但我又能怎么办呢？"

“你早该在很多年前就把他拉出来的。难道你不知道他有多痛恨办公室吗？难道你对父亲的状况什么都不知道吗？”

“够了，托尼。我当然很知道你父亲，比你知道得多。”

“哦，有时候我可不这样认为，有时候我不认为你真的知道任何人的任何事。”

“托尼！你真是的！”

“算了啦！别说了，托尼。”这回是埃夫丽尔开口了，“说这些有什么用？”

埃夫丽尔总是这样，冷淡、不动感情，一副超龄的冷嘲热讽、置身事外的模样。有时琼会很失望地想，埃夫丽尔真是没心肝。她不喜欢抚触，想对她动之以情，她也总是无动于衷。

“亲爱的老爸……”这是芭芭拉的悲呼，她比那两个孩子岁数小，比较不能控制自己的情绪。“母亲，都是你的错。你一直都对他很残酷——很残酷——一直都是这样。”

“芭芭拉！”琼快要忍不住了。“你知道自己在说什么吗？要说这个家有谁是被摆在第一位的，那就是你父亲。要是没有你父亲为你们工作，你想谁来负责你们的教育还有穿衣吃饭的事？他是为你们牺牲的，这是父母的责任，而且父母们毫无怨言地就做了。”

“让我借这个机会感谢您吧，母亲大人，”埃夫丽尔说，“感谢您为我们做出的所有牺牲。”

琼疑惑地看着自己的女儿。她怀疑埃夫丽尔说这话的诚意，但是这孩子总不至于这么出言不逊吧？

托尼分散了她的注意力，他很严肃地问："以前父亲曾想当农夫，是不是真的？"

"当农夫？不，他当然没这样想过。喔，对，我相信是很多年前的事，但那不过是孩子气的幻想而已。这个家族向来都从事律师业，这是家族律师事务所，而且在这个地区还挺有名气的。你应该对这点感到很自豪，而且要乐于进这一行。"

"可是我不打算进这一行，母亲。我要去东非开农场。"

"胡说，托尼。别再瞎扯这些无聊话。你当然得进家族的律师事务所！你是家中独子啊。"

"我不会去当律师的，母亲。父亲知道这点，而且也答应我了。"

她瞪眼看着他，大感惊骇——被他那种坚定不移的态度吓到了。

然后她跌坐在椅子上，眼泪冒了出来。这些孩子都这么没良心，这样顶撞她。

"我不知道你们是怎么回事……一个个都这样跟我说话。要是你们父亲在这里的话……我认为你们全都很没良心！"

托尼嘟囔了些话，然后转过身去，无精打采地走出房间。

埃夫丽尔以冷淡的口吻说："托尼挺想做农夫的，母亲，他想要进农学院，在我看来挺发神经的。要是我是男人，倒颇想做个律师，我认为法律很有意思。"

“我从来没想过，”琼哭哭啼啼地说，“我的儿女竟然会对我这么不好。”

埃夫丽尔深深叹了一口气。芭芭拉原本还在房间一角歇斯底里地啼哭着，这时大叫了起来：“我知道爸爸会死掉。我知道他会……丢下我们孤零零地活在这个世界上。我受不了，哦，我受不了！”

埃夫丽尔又叹了口气，面带厌恶地看着哭疯了的妹妹，然后又看看低声啜泣的母亲。

“好吧，”她说，“要是有什么我可以做的话……”

丢下这句话之后，她就平静自如地悄悄走出房间，完全就是她的作风。

总的说来，这是最令人痛心的一幕，而且是琼多年来不愿再去回想的一幕。

当然，这是很容易理解的。他们的父亲突如其来地病倒，再加上“精神崩溃”这令人困惑的用语，儿女要是觉得能归咎给他人，总是会好受些，他们自然会拿母亲来当代罪羔羊，因为她就近在眼前。托尼和芭芭拉两人事后都向她道歉了。埃夫丽尔似乎不认为她有什么好道歉的，而且说不定从她自己的观点来看，她是很合理的。哎，要是这孩子真的天生没心肝的话，也不是这可怜孩子的错。

罗德尼不在的那段时期，日子过得很艰难又不快乐。孩子们都闷闷不乐、脾气很坏。他们都尽可能地避开她，这一来让她更感到孤独寂寞。她猜想这是因为自己的忧伤和操心所致。就她所知，他们都很爱她。再说，他们也都正处于很难相处的年纪——芭芭拉还在上学，埃夫丽尔处于别扭又多疑的十八岁，托尼大部分时间都在附近农场里度过。她气恼托尼竟然会有务农的念头，而罗德尼居然鼓励他，罗德尼实在太软弱了。噢，老天，琼曾想，我老是扮黑脸，实在太辛苦了。哈雷小姐那里有一些乖巧的女生，我真不懂为什么芭芭拉非得要跟那种不讨人喜欢的女生混在一起。我得向她表明，只准邀我认可的女生来。可是这样做，料想又会有场哭闹和生闷气了。不用说，埃夫丽尔是根本帮不上忙的，而且我很讨厌她说话的那种嘲讽态度，听在外人耳中实在很糟糕。

对，琼下了个结论，抚养儿女是件吃力不讨好的事。

抚养儿女确实得不到应有的感谢和欣赏，没人明白这中间要如何拿捏分寸，要如何保持好心情，要懂得何时该坚定立场、何时该让步。琼心想，没有人真的知道罗德尼病倒的那段日子我受了什么样的罪。

想到这里，她微微蹙眉，因为联想起一段回忆，是麦昆医生曾经说过的一番很尖刻的话。他说，每次交谈时，谈到最后，迟早会有人说："没有人知道我在那段时期受了什么样的罪！"大家都哈哈笑，说这话讲得真对。

嗯，琼心想，如人饮水，冷暖自知，这话完全说对了，的确没有人知道那时我受了多少罪，连罗德尼都不知道。

因为等罗德尼回家后，大家都放下心来。一切又恢复正常，孩子们也都再度回到原先活泼、可爱的模样，家里恢复了和谐。琼心想，这点显示出整件事其实都是因为焦虑引起的。焦虑使得她失去了风度，使得孩子们情绪紧张、脾气坏。那真是很令人难受的时期。但她现在干吗要挑这些不顺心的事情来想呢？她本来要想的是快乐的回忆，而不是令人沮丧的那些。她真搞不懂。

得要从头再来过才行。这回从哪里开始想呢？没错，试着去想想背过的诗，虽然再没有比这么做更滑稽的事了，琼心想，在沙漠里走着，一面设法背出诗来！不过没关系，反正没人看到或听到。

这里没人，不可以，她叮嘱自己说：不可以，你绝对不可以慌张。这都是你自己发傻，完全只是紧张而已……

她立刻转身，往回走向招待所。

她发现自己竭力压抑着自己不要跑起来。

独自一人没什么好怕的，根本就没什么。或许她患有那种……那叫什么来着？不是“幽闭恐惧症”，这是指对狭小空间感到恐惧的毛病。跟它相反，这个名称的开首字母是“A”，对广阔空间的恐惧感。

整件事可以用科学来解释。

但是，用科学来解释虽然令人安心，眼前却没有实际帮助。

跟自己说整件事很合理，也完全合乎逻辑是很容易的，但要控制住那些像蜥蜴般在脑中窜出窜入的杂念，却不是那么容易。

米娜·伦道夫，她心想，就像条蛇，其他的事情则像那些蜥蜴。

广阔空间……她一辈子都住在盒子里。对，有玩具小孩、玩具仆人以及玩具丈夫的盒子里。

不，琼，你在说什么呀！怎么可以这么傻？你的儿女是十分真实的。

儿女是真实的，还有用人库克和爱格妮丝，罗德尼也是。那么，说不定，琼心想，我不是真实的。说不定我只是个玩具妻子兼母亲。

噢，老天，这可真要命。她简直语无伦次了。或许再多念几首诗好了，她一定能想起些什么的。

于是，她以很不相称的热情大声朗诵起来：

春天里，我曾不在你身边……

她想不起来后面是什么了，似乎也不想要去想。光是这句就已经够了，说明了所有一切，可不是吗？罗德尼，她心想，罗德尼……春天里，我曾不在你身边。只不过现在不是春天，是十一月……

她突然一惊：这可不是他说过的话吗？那天晚上……

这里有个关联、一条线索，通往某件等着她的事情的线索，隐藏在沉默背后。她现在明白了，她是想要逃避这件事情。

可是到处都有蜥蜴从洞里冒出来，你怎么逃得掉呢？

有很多事情是绝对不可以去想的。芭芭拉、巴格达还有布兰奇（真奇怪，三个字都是“B”开头），以及火车站月台上的罗德尼。还有埃夫丽尔、托尼和芭芭拉全都曾经对她很不客气。

真是的！琼很生自己的气，干吗不去想些开心的事情呢？有那么多愉快的回忆可以想……那么多……

她的新娘礼服，那么漂亮的银灰缎子……埃夫丽尔躺在摇篮里，摇篮周边装饰了很多薄纱和粉红丝带。那么漂亮的小宝宝，而且那么乖。埃夫丽尔一直都是个很有礼貌、举止得体的小孩。“你把他们教养得这么好，斯丘达莫尔太太。”是的，埃夫丽尔是个很令人满意的孩子——起码面对外人时是这样。至于在私生活中，则是无休止的争论，看着你的眼光很令人不安，仿佛在问你究竟是怎样的人。这根本就不是一个小孩看母亲应有的眼光。无论从哪种意义来说，她都不是个让人疼爱的小孩。托尼也一样，在外人面前让她很有面子，但做事却是无药可救地不用心又含糊。芭芭拉是家里最难搞的小孩，老是大吵大闹，动不动就大哭。

然而，整体来说，他们三个都是很可爱、彬彬有礼、教养很好的孩子。

可惜孩子都会长大，开始变得很难相处。

但是她不打算去想那些，她要专心去想他们的童年时期。埃夫丽尔穿着漂亮的粉红色丝绸蓬裙上跳舞班。芭芭拉穿上“利百代”牌子的针织小连衣裙模样。托尼穿着保姆巧手做的连身娃娃裤装，上面有很活泼的图案……

不管怎样，琼心想，除了小孩穿的衣服之外，总还能想起些别的事吧！某些他们对她讲过的很动听、充满感情的话？某些令人开心的亲密时刻？

想到一个人做出的牺牲，以及为儿女所做的一切……

又一只蜥蜴从洞里冒出头来。埃夫丽尔很客气地询问，一脸要与人理论的神态，琼已领教过，而且感到畏惧。

“母亲，你究竟帮我们做过什么？你不帮我们洗澡，对不对？”

“对。”

“你也不管我们吃饭，也不帮我们梳头。这些都是保姆在做，她还送我们上床，负责叫我们起床。你也不帮我们做衣服，衣服也是保姆在做。她还带我们去散步。”

“对，亲爱的，我雇用保姆来照顾你们。也就是说，我付她工资。”

“我认为工资是父亲付的。我们的东西不都是父亲付钱买的吗？”

“某种程度上算是，亲爱的，但这是一样的。”

“可是你不用去上班，只有父亲要。你怎么不必上班呢？”

“因为我要照管家里。”

“可是那不是凯蒂和库克在……”

“够了，埃夫丽尔。”

有一点倒是要替埃夫丽尔说好话，她很听话，从来不叛逆或者挑衅。然而她的顺从却往往比反叛更让人不舒服。

罗德尼曾经笑着说，对埃夫丽尔这样的人，判决永远是“证据不足”。

“我不认为你应该笑，罗德尼，我不认为像埃夫丽尔这年纪的小孩应该这么……这么会批评。”

“你认为她太小了，所以无法判定证据的本质？”

“哦，你别满口都是法律用语。”

他露出促狭的笑容说：“是谁要我当律师的？”

“别谈这个。说正经的，我认为她这样太没大没小了。”

“对一个孩子而言，我会说埃夫丽尔算是超乎寻常地守规矩，完全没有一般小孩的口无遮拦，譬如芭芭拉。”

这倒是真的，琼也承认。芭芭拉在某种状况下，会大声说：“你很丑！你差劲透了！我讨厌你。但愿我死掉，要是我死掉了，你就会后悔。”

琼赶快说：“芭芭拉只是在乱发脾气，而且事后总是感到后悔。”

“对，可怜的小鬼。而且她说话是有口无心的。但埃夫丽尔却不是那么好哄骗，她察觉得到。”

琼气得脸都红了。“哄骗？我不知道你说这话是什么意思。”

“哦，算了吧，琼。想想我们灌输给他们的那些东西，我们自以为无所不知的那套……但面对这些完全处在我们权威之下的无助小家伙，却必须装作我们所做的都是最好的，我们也知道什么才是最好的。”

“你说得简直就像他们是奴隶而不是儿女似的。”

“难道他们不是奴隶吗？吃我们给的东西，穿我们给的衣服，多多少少也是在说我们教的话。这是他们换取保护所付的代价。但是他们愈长大就愈接近自由。”

“自由，”琼不屑地说，“有这种东西吗？”

罗德尼缓缓而沉重地说：“没有，我不认为有。你说得真对，琼……”

然后他慢慢走出了房间，肩膀下垂了一点。她突然感到一阵心痛，我知道罗德尼老了以后会是什么样子了……

罗德尼在维多利亚车站月台上，阳光照出他疲倦脸上的皱纹。他叫她保重。

然后，一分钟后……

为什么她老是回头去想这一幕？那不是真的！罗德尼非常想念她！他一个人和一群用人待在家里，真是悲惨。而且说不定他根本没想到要请人来家里吃饭；要不，请来的人大概就像泰勒那样的，很沉闷的人，她一直想不透为什么罗德尼会喜欢这人。要不就是请米尔斯，这人除了放牧和养牛之外，从不谈其他话题……

罗德尼当然是在想念她！

第六章

她回到招待所门前，印度人出来问："夫人散步愉快吗？"

愉快，琼说，她散步得很愉快。

"晚饭很快就好了。很好的饭菜，夫人。"

琼说，很好，她对此很高兴。不过这番话显然已成了例行仪式，因为这顿晚饭几乎跟前一餐完全一样，只不过杏子换成了桃子。也许说得上是很不错的晚餐，但坏就坏在永远都是同样的菜色。

晚饭过后，上床又太早了，琼再度渴望自己有带大量读物或者女红来就好了。她甚至打算重读《凯瑟琳·戴萨特夫人回忆录》里比较具娱乐性的几段，但却不管用。

要是有点什么事可以做做就好了，琼心想。不管什么都好！甚至是一副纸牌都行，她可以玩“打通关”。要不下一盘棋：双陆棋、国际象棋、国际跳棋。她可以跟自己下棋！什么棋都好，跳棋、蛇梯棋……

这样胡思乱想真是很反常。一只只蜥蜴从洞里冒出头来，思绪从你脑子里钻出来……令人害怕的思绪，扰人安宁的思绪……你不愿去想的念头。

如果是这样的话，干吗要去想它们呢？人不是可以控制自己念头的吗？还是无法控制？有没有可能在某种环境下，人的思绪反而会控制了人本身，就像蜥蜴钻出洞来，或像一条青蛇般闪过脑海？

来自某个地方……她这种惊慌的感觉很怪异。

这一定是广场恐惧症（就是这个词——agoraphobia。这证明只要努力去想的话，总是可以想起来的），没错，就是这个，害怕广阔。奇怪，她以前都不知道自己有这种恐惧症。不过话说回来，以前她也不曾体验过这般的广阔，她一向都生活在住宅区里，到处都有花园、很多人。很多人，这就是重点，要是这里有个人能谈谈话就好了。

即使是布兰奇也好。

现在想来很滑稽，她曾经还唯恐布兰奇可能会跟她同路回国而大为紧张。

哎，要是布兰奇在这里的话，情况就天差地别了。她们可以谈从前上圣安妮女校的往事，如今看来是那么久远的事。布兰奇曾经说什么来着？“你向上提升了，而我则往下沉沦。”不对，她后来改口了，她说：“你一直留在原处。为母校圣安妮增光。”

难道她跟从前的分别真的很少吗？这样想挺好的。嗯，就某方面而言是挺好，但从另一方面来看就不怎么好了，似乎是挺……挺故步自封的。

吉贝小姐曾经在送别毕业生时说了什么？她对该校学生的送别叮咛是出了名的，已经成了圣安妮约定俗成的制度。

琼的思绪飞掠过多年岁月，回到从前，昔日女校长的身影随即浮现眼前，清晰得惊人。气势凌人的大鼻子上架着夹鼻眼镜，锐利无情的双眼目光慑人，巡视学校时的威严姿态，人未到胸部先到——连那胸部都是很矜持、规矩的，只有威严而没有丝毫柔软的线条。

吉贝小姐的确是个了不得的人物，让人敬畏，不管学生或家长都对她畏惧三分。毋庸置疑，吉贝小姐就是圣安妮女校的表征！

琼在脑海中见到自己进到那个神圣的校长室里，室内有花，有美第奇①复印画；暗藏了文化、学术以及社交礼仪的弦外之音。

吉贝小姐庄严地从办公桌后转过身来。

“请进，琼，请坐，亲爱的孩子。”

---

① 美第奇（Medici），13 到 17 世纪期间，佛罗伦萨的美第奇家族拥有庞大的政治、经济势力，之后并大举赞助艺术活动，家族中收藏了大量的艺术品。

琼按照指示在印花布面的扶手椅上坐了下来。吉贝小姐此时已经摘下夹鼻眼镜，突然露出很不真实又明显可怕的笑容。

“你就快离开我们了，琼，走出学校的小圈子，进入社会的大圈子里。在你毕业以前，我想跟你谈一下，希望我说的一些话，将来可以在你的人生中起指导作用。”

“好的，吉贝小姐。”

“在这里，处在快乐的环境里，有同年龄的年轻同伴，在这样的庇护下，你碰不到人生中难以避免的困惑与艰难。”

“是的，吉贝小姐。”

“据我所知，你在这里过得很快乐。”

“是的，吉贝小姐。”

“而且你在这里也表现得很好。我对你的进步感到很高兴。你是最令我们满意的学生之一。”

有点不知所措。“哦……呃……我很高兴，吉贝小姐。”

“但是现在人生在你眼前展开了，带来新的问题、新的责任……”

这番谈话滔滔不绝，琼在适当的空当就加一句：“是的，吉贝小姐。”

她感到有点被催眠了。

布兰奇认为，吉贝小姐的声音堪称她一生的本钱之一，能够在音域之内控制自如。开始时是宛如大提琴的芳醇，再添点横笛般的赞扬，接着降低音域，用巴松管的音色来表达警告。然后，对那些有聪明才智的女生采用黄铜乐器般的音调，劝她们把才智发挥到未来的生涯上；对那些比较适合做家庭妇女的学生，则以小提琴般柔和的音调教导她们为人妻、为人母的职责。

演讲到了尾声，吉贝小姐才会如拨奏般来个总结。

“最后，要特别叮嘱你几句，琼，*不要懒于思考*。琼，我亲爱的，不要只注重事物的表面价值，因为这是最容易的，也因为它省了麻烦！人生是为了活着，不是为了表面的光彩。还有，不要太自满！”

“好的……不会的，吉贝小姐。”

“因为，你知我知，这是你的小毛病，对不对，琼？要想想别人，亲爱的，不要只想着自己。而且要准备好承担责任。”

然后是整个大交响乐的高潮：

“人生，琼，一定得要是个不断推进的过程，把我们死去的自我当作垫脚石，踩在上面追求更高的境界。痛苦和折磨将会到来，降临到每个人身上，即使是主耶稣也不能免于肉身的痛苦。主耶稣在客西马尼园里经历过各种痛苦烦恼，你也会经历到。要是你没有经历过的话，琼，那就表示你的人生道路远离了真理之路。当怀疑和劳苦的时刻来到时，要记住我这句话。还有，也要记住，我随时都很乐意听到毕业生的消息，如果她们要听取意见的话，我永远都很乐意协助她们的。上帝祝福你，亲爱的。”

她一边说这番祝福的话，一边给学生告别之吻。这个吻与其说是人与人之间的接触，还不如说是种赞许的表示。

琼有点茫然地退下去了。

她回到寝室，发现布兰奇戴着同学玛丽·格兰特的夹鼻眼镜，身穿体操衫，胸前塞了个枕头，正在对一群看得入迷的观众侃侃而谈。“你们就要……”她用低沉嗓音大声说，“从这个快乐的学校圈子进入到险恶得多的社会大圈子里了。生活将在你眼前开展，带来许多问题，还有责任……”

琼加入了观众群。布兰奇表演到高潮时，掌声更加热烈了。

“对你，布兰奇·哈格德，我只有一句话：要懂得律己。管好你的情感，学习自律。你非常热心，这点可能很危险。只有严以律己，你才能攀上高峰。你很有天赋，我亲爱的，好好运用它。你有很多毛病，布兰奇，有很多毛病。不过这些都是出于慷慨的本性，是可以纠正的。”

“人生，”布兰奇的声音转为尖锐的假音，“是持续不断的进步。把死去的原有自我当作垫脚石，踩着它上进——参见华兹华斯的诗句。要记得母校，要记得吉贝阿姨随时会给予忠告和协助，只要你附上写好地址、贴好邮票的回邮信封就行了！”

布兰奇停了下来，但是很诧异竟然没有人在这时报以笑声，也没有掌声，人人似乎都呆若木鸡，所有的头都转向门口。吉贝小姐威严地站在那里，手持夹鼻眼镜。

“要是你想从事演艺工作的话，布兰奇，我认为有几所非常好的戏剧艺术学校可以教你怎样控制演讲的声调。你似乎在这方面挺有天分的。请你把枕头归回原位。”

说完之后，她就一阵风似的走掉了。

“呼，”布兰奇松了口气。“这个厉害的老太婆！挺有风度的。不过她真的懂得怎么让你感到自己矮了半截。”

没错，琼心想，吉贝小姐的确是个了不得的人物。后来她也送埃夫丽尔去上圣安妮女校，但一个学期之后，吉贝小姐就退休了。新任女校长没有她那种精力充沛的个性，结果学校就开始走下坡。

布兰奇说得对，吉贝小姐很严肃，但她懂得看人。琼思索着，吉贝小姐对于布兰奇的看法一点也没错。要懂得律己，这点是布兰奇一辈子都需要的。慷慨的本能——是的，可能有，但是显然缺乏自我约束的能力。然而，布兰奇的确是慷慨的。就拿钱来说，琼借给她的钱，布兰奇并没有花在自己身上，而是替汤姆买了卷盖书桌。布兰奇自己根本就不会想要有张卷盖书桌。布兰奇实在是个很热心的好人。然而她却丢下自己的儿女，抛弃了自己带到这世界的两个小生命，无情地一走了之。

这只不过显示出，有些人根本就没有母爱之类的天性。琼心想，一个人应该永远把儿女摆在第一位。她和罗德尼向来都同意这点。罗德尼真的非常无私，尤其是如果向他提出的要求正当合理的话。举例来说，她曾向他提议，他那间阳光充沛的更衣室真该给孩子们作日间游戏室，而他也欣然同意地搬到面向马厩的小房间去。孩子们应该享有全部的阳光。

她和罗德尼真的是非常认真的父母，孩子们也都真的非常快乐，尤其当他们还小的时候——那么可爱、好看的小孩，比起——举例来说——舍斯顿家的儿子们，她孩子的教养好多了。舍斯顿太太似乎从来不在意那些孩子是什么德性，连她自己也加入他们，做些奇怪的举动，例如像个印第安人似的在地上爬，还狂喊狂叫的。有一次他们还模仿马戏团的表演，模仿海狮活灵活现的！

琼断定，莱斯莉本人的童年一定过得不好。

不过话说回来，她的一生也很辛酸悲惨，可怜的女人。

琼想起那次在萨莫塞特意外碰到舍斯顿的情景。

当时她住在朋友家，根本就不知道舍斯顿一家也住在那里。舍斯顿从一家当地酒馆现身（就完全是他给人的印象）出来时，她跟他打了个照面。

自他出狱后她就没见过他，因此看到他跟昔日那个轻松活泼、充满自信的银行经理判若两人时，着实大吃一惊。

那是踌躇满志的人失意时所显现出来的异常泄气模样：下垂的双肩、松垮垮的背心、松弛的双颊、闪烁畏缩的眼神。

真难想象有人会信赖这个男人。

见到她时，他吓了一跳，但是马上恢复常态，强做出以往神情向她打招呼："唷、唷、唷，这可不是斯丘达莫尔太太吗？这个世界真小。什么风把你吹来的？"

他站在那里，挺起胸来，努力在语气中表现出从前的爽朗和自信。这实在是很可怜的表演，琼不由自主地为他感到难过。

沦落到这个地步多凄惨啊！随时都可能碰见从前生活圈的人，而那些人说不定还不愿意与你相认。

倒不是说她打算表现得这样。不用说，她当然是准备要客气对他的。

舍斯顿正在说："你一定得来看看我太太，一定要来跟我们喝个茶。对，对，亲爱的夫人，我坚持请你来！"

他费劲地硬装出从前的老样子，结果琼尽管不太愿意，却让他引领着沿那条街走，舍斯顿继续用他那种别扭的新方式讲话。

他说想让她看看他们的小地方——也不是那么小，面积还挺大的。当然，干活很辛苦，要为市场需求种作物，银莲花和苹果是他们两大主要农产品。

他边说边拔开了残破大门的门栓。这大门需要油漆了。然后他们走在长了野草的车道上，接着就看到了莱斯莉，她正弯腰整理着银莲花的花圃。

"你瞧瞧谁来了？"舍斯顿大声叫着说，于是莱斯莉把遮到脸上的头发撩到脑后，走过来说，这"可真是"个惊喜！

琼马上留意到莱斯莉老了很多，而且满脸病容。疲累和病痛在她脸上刻划出了皱纹，但是，除此之外，她还是从前的老样子，开朗又邋遢，而且精力旺盛得很。

就在他们站在那里交谈时，舍斯顿家的儿子们放学回家了，车道上洋溢着大呼小叫。他们朝莱斯莉冲过来，用头撞她，大声叫着：妈、妈、妈，莱斯莉忍着，让儿子们这样猛攻了几分钟之后，才突然用专横的口吻说："安静！有客人在。"

两个儿子突然变成了礼貌的乖小孩，和斯丘达莫尔太太握手，用降低嗓门的柔和声音说话。

这有点让琼想起了她某个表亲训练的猎犬，狗听到某个命令时会坐下，臀部放低，或者听到另一个命令时朝地平线狂奔而去。她心想，莱斯莉的孩子也像受过类似训练。

他们进到屋里去。莱斯莉去准备茶点，儿子们帮忙端着托盘出来，盘里摆了面包和牛油，还有自制的果酱、厚重的厨用杯，儿子们嘻嘻哈哈的。

但是最奇怪的却是舍斯顿的改变，原先那种很不自在、畏畏缩缩的态度消失了，突然变成了一家之主，而且是很好的主人，他那交际的面具也暂时搁置了。他看来很快乐，对自己与家人都很满意，仿佛在这四壁之内，外界以及外界的论断对他而言都不存在了。儿子们吵着要他帮忙他们正在做的一些木工，莱斯莉则叮嘱着别忘了他说好要帮她看看锄头；还有，他们本该明天把银莲花绑成束的，能不能等星期四早上才做？

琼暗想，她从来没这么喜欢过这人。她也了解到、第一次感受到，莱斯莉对丈夫有多深情。此外，以前他想必是个长得很好看的男人。

但是过了一阵子之后，她大吃了一惊。

彼得热切嚷着说："讲那个关于狱卒和梅子布丁的好笑故事给我们听！"

然后，看到他父亲一脸茫然状，又催促说："你知道吗，就是你在监狱里的时候，那个狱卒说什么来着？还有另外一个狱卒？"

舍斯顿犹豫着，看来觉得有点丢脸的样子。莱斯莉的语气很冷静："讲啊，查尔斯，那是个很好笑的故事，斯丘达莫尔太太一定会喜欢听的。"

于是他就讲了。是挺好笑的——虽然似乎没有他的儿子们所认为的那么好笑。他们笑得前仰后合，喘不过气来。琼则很礼貌地笑着，但她感到愕然又有点震惊。后来，莱斯莉带她到楼上去，她很婉转地低声说："我没想到……他们知道了！"

莱斯莉——真是的，琼心想，这人真是太没脑子了——却一副很顽皮的样子。

"他们迟早会知道的，"她说，"不是吗？那还不如现在就让他们知道。这样简单得多。"

是简单得多，琼同意。但是明智吗？粉碎孩子心中脆弱的理想，动摇他们心中的信赖和信心——她突然住口了。

莱斯莉说她不认为她孩子很脆弱、很完美主义，反而认为，要是他们知道出了事情，但却没人告诉他们是什么事，这样对他们更不好。

她笨拙地挥着双手，口齿不清地说："搞得神秘兮兮的——所有那一套——会更糟糕。当他们问我爸爸到哪里去了时，我想，最好自然以对，所以就告诉他们，爸爸偷了银行的钱，因此去坐牢了。毕竟，他们懂得什么是偷窃，以前彼得常常偷果酱，被罚提早上床。而要是大人做错事情，是得被罚去坐牢的。这相当简单。"

"再怎么说，让一个孩子看轻父亲，而不是看重他……"

"哦，他们并没有看轻他。"莱斯莉又显得很顽皮的样子。"实际上他们还挺替他难过的。而且他们很爱听牢狱生活的种种。"

"我肯定这不是件好事。"琼一口咬定。

"哦，你不这样认为？"莱斯莉深思着，"也许不是好事。但是对查尔斯来说是好的。他畏畏缩缩地回家来，像只狗似的。我受不了这样，所以我想唯一要做的就是顺其自然。毕竟，你不能假装人生中的这三年不存在。我想最好就是以平常心去对待。"

琼心想，莱斯莉这人就是这样——漫不经心、粗枝大叶，一点也不细腻，总是采取阻力最少的方式。

然而，还是要为她说句公道话，她一直是个很忠心的妻子。

琼很客气地说："你知道，莱斯莉，我真的认为你相当了不起，你这样一心一意跟着丈夫，在他……呃……不在的时候，辛苦操劳维持住这个家。罗德尼经常这样对我说。"

这个女人半边脸的笑容看起来多奇怪呀！琼直到此刻才留意到。也许她的赞美让莱斯莉觉得不好意思吧？不过莱斯莉的确是用颇僵硬的口气问："罗德尼……还好吧？"

"很忙，这可怜的家伙。我总是叫他偶尔该放个一天假。"

莱斯莉说："这可没那么容易。我想他的工作就和我差不多，时间总是排得满满的，不太可能放假。"

"没错，我敢说这是真的。再说，罗德尼也很敬业。"

"全职工作。"莱斯莉说。她缓缓走到窗前，站在那里凝望窗外。

她的身材轮廓有些地方引起琼的注意——莱斯莉穿衣服通常都很宽松、没什么线条的，但这会不会是……

"喔！莱斯莉。"琼不由自主地惊呼起来："你不会是……"

莱斯莉转过身来，迎着另一个女人的视线，缓缓点点头。

"是的，"她说，"在八月。"

"噢！我的天！"琼是真的感到忧虑。

突然，出乎意料地，莱斯莉充满激情、滔滔不绝地说起来，不再漫不经心又粗枝大叶的，倒像是个死囚在为自己辩护。

“这对查尔斯来说有很大作用，很大的作用！你明白吗？我没办法告诉你他对这事的感受，这是个象征，象征他不是个被摒弃的人，一切都还是跟以前一样。自从他知道这事之后，甚至还设法戒酒。”

莱斯莉的语气慷慨激昂，以致琼几乎没听明白最后那句，之后才醒悟到那涵义。

她说：“你当然最清楚你自己的事，但是我却认为这样做不明智，在这时期。”

“你是指经济方面？”莱斯莉笑起来，“我们会渡过难关的。反正我们吃的都是自己种的，而且种得不错。”

“还有，你知道，你看来身体不太强壮。”

“强壮？我壮得很，太强壮了。恐怕不管什么人想杀死我，都没那么容易。”

说这话时，她略微打了个冷战，就好像——即使时候未到——她已经有种奇怪的预感，知道自己会生病，得忍受病痛的煎熬……

然后她们又下楼去了。舍斯顿说他会送斯丘达莫尔太太到拐角处，指点她那条穿过田野的捷径。当他们两人往车道走时，她回过头去，见到莱斯莉和儿子们纠缠成一团，在地上滚来滚去，疯得尖叫大笑。莱斯莉跟孩子在地上滚，挺像动物的，琼有点反感地想着，然后这才侧耳去细听舍斯顿在说什么。

他正在语无伦次地说，过去从没有、将来也不会有第二个像他太太这样的女人。

“你不知道，斯丘达莫尔太太，她是怎么待我的，绝对想不到，没有人能想得到。我根本就配不上她，我知道这点……”

琼惊觉到他的眼泪在眼眶中打转，这个男人竟然一下子变得这么多愁善感。

“永远都一样，总是很开朗，似乎认为所有事情都很有意思又很好玩。而且从来没有责备的话语，一句都没有。但我会补偿她，我发誓要补偿她。”

琼想到的却是，舍斯顿最能表示感恩的方法，就是别太常去酒馆。她差点就说出口了。

她终于摆脱了他，一面说，当然，当然，你说的的确没错，很高兴能再看到你们两个。她穿过田野走远了，经过田野边的木台阶时回头看，见到舍斯顿站在酒馆外面不动，一边看着表，算着要等多久酒馆才开门。

回到家之后，她对罗德尼说，整件事实在很惨。

罗德尼好像故意装傻似的说：“我还以为你说他们看起来都很开心，能一家团圆呢。”

“哦，是的，就某方面来说。”

罗德尼说，在他看来，莱斯莉倒像是在一件很糟糕的事情上做得相当成功。

“她的确够坚决、勇敢。想想看，她就快要再生一个孩子了呢！”

罗德尼站起身来，缓缓走到窗前，站在那里往外看。如今她回想起来，这动作跟莱斯莉站在窗前很像。过了一会儿他才说："什么时候生？"

"八月，"她说，"我认为她这样做实在笨透了。"

"你这样认为吗？"

"亲爱的，你想想看，他们如今过的是朝不保夕的生活，多个孩子只会让日子更不好过。"

他缓缓地说："莱斯莉的肩膀够宽，挑得起生活担子。"

"嗯，要是她再挑更多的话，迟早会垮掉的。她现在看来像有病。"

"她离开这里时就已经看来像有病了。"

"她看起来也比实际年龄老很多。还说这件事对查尔斯影响很大，作用当然是很好的。"

"这是她说的吗？"

"对。她说这件事起了很大作用。"

罗德尼若有所思地说："这或许是真的。舍斯顿是那种少见的人，完全活在别人对他的看法中。当法官判刑时，他就像个被戳破的气球般整个垮掉了。这实在又可怜又可厌。我认为舍斯顿的唯一希望就是设法恢复自尊，这可不是简单的事。"

"我还是不认为再生一个孩子……"

罗德尼打断了她的话。他从窗前转过身来，脸气得发白，让她大吃一惊。

“她是他太太，不是吗？她只有两条路好走，一条是跟他断绝，带孩子走掉；要不就回去死守着他，做他太太。她现在做的就是这个。而莱斯莉做事情从来不做一半的。”

琼问，到底有什么好让他激动的？罗德尼回答说：“当然没有。”不过，他厌倦了凡事谨慎世故的圈子，做什么都事先算清楚要花多少代价，从来不敢冒险！琼说她希望他没对客户说过这样的话。罗德尼咧嘴笑着说，不用担心，他向来都是劝他们庭外和解的！

第七章

说来，也许这很正常，日有所思夜有所梦，琼那晚才会梦见吉贝小姐。吉贝小姐戴了遮阳硬帽，和她并肩走在沙漠里，一面用威严的语气说：“琼，你应该多留意一下蜥蜴。你的博物科很差。”对此，不用说，她乖乖回答说：“是，吉贝小姐。”

吉贝小姐还说：“喏，别假装不懂我的意思，琼，你清楚得很。管住自己，我亲爱的。”

琼醒过来时，有一会儿还以为自己仍在圣安妮女校。招待所跟学校宿舍有点像，这倒是真的，那种空荡荡的感觉，还有铁床，以及看来颇干净的墙壁。

哦，老天，琼心想，又有一天得要挨了。

吉贝小姐在她梦里说了什么？“管住自己”。

嗯，这话有几分道理。前一天她让自己无中生有地大惊小怪，实在是很愚昧！她得要管住自己的思绪，有条理地厘清自己的脑子——一次弄清楚这种广场恐惧症。

此刻置身招待所里，她感到自己挺正常的。也许，根本就别外出才是比较明智的做法？

可是一想到这里，她的心就沉了下去，那表示要整天待在阴暗之中，伴着羊油、煤油以及 DDT 杀虫剂的气味，整天没有东西可阅读，无事可做。

监牢里的犯人都做些什么呢？嗯，当然他们会做做运动，缝缝邮包袋或之类的事情。要不，她想，他们会疯掉的。

不过的确也有关禁闭的地方……那真会让人疯掉。

关禁闭，日复一日，一星期又一星期。

怎么会这样？她竟然觉得自己好像已经在这里待了几星期了！而其实才不过……多久？两天而已？

才两天！难以置信。波斯诗人奥玛·珈音①的诗句是怎么说的？那句“我与昨日的万年”什么的。为什么她连个完整的句子都没法想起来呢？

不，不，别又来了。努力记起并背诵诗词并不是什么好事——一点都不是。实情是，诗词里有些东西让人很难受，

---

① 奥玛·珈音（Omar Khayyam，1048—1131），波斯诗人、数学家及天文学家。

诗词里有着辛酸，直刺人心……

她到底在讲什么呀？人的思想愈往灵性方面发展当然是愈好的，而她一直都是个挺注重灵性的人……

“你向来都冷冰冰、像条鱼似的……”

为什么布兰奇的声音会打断她的思绪呢？这句评语真是又粗俗又多余——真是的，完全就是布兰奇的调调！嗯，她料想布兰奇这种人就是这样，这种人会任由热情把自己撕碎。也难怪布兰奇粗俗——她天生就是这样的。少女时代这点还不明显，因为她那时年轻貌美，教养又好，但是骨子里必然一直都存在着这种粗俗本性。

冷冰冰、像条鱼似的，什么话呀！根本就不是这样。

对布兰奇来说，如果她稍微有点这种“鱼般”的冰冷性情，说不定会好得多。

她似乎过着最可悲的生活。

真的相当可悲。

她说了什么来着？“人总是可以想想自己的罪过！”

可怜的布兰奇！但是她也承认，想罪过占用不了琼多少时间。说来，她的确晓得自己和琼之间的差异。她假装认为琼很快就会厌倦数算自己的福气。（没错，或许人的确会倾向于把福气视为理所当然！）后来她是怎么说的？那番话挺妙的……

哦！对了，她感到好奇，人要是没别的事可做，只能连着很多天都思考着、想着自己，可能会觉察出些关于自己的事……

就某方面而言，这想法挺有意思的。

事实上，这是相当有意思的想法。

不过布兰奇倒是说了，她自己不会想要这样做……

她的语气听起来——几乎近于——害怕。

我倒是好奇，琼心想，真的有人因此觉察出些什么吗？

当然，我是不习惯想着、思考着自己的……

我从来就不是那种以自我为中心的女人……

不知道，琼心想，我在别人眼中是怎样的人？

倒不是指在一般人眼中，我指的是某些特定的人。

她竭力回想人家曾对她说过些什么话，有哪些例子。

就拿芭芭拉来说吧。

"哦，母亲，你的用人向来都是十全十美的，因为有你盯着他们。"

这算是赞美了，显示出她的儿女的确认为她是个很会管家的主妇。而这也是事实，她的确把家管得好好的，又有效率。用人们也喜欢她——起码，他们都按照她的吩咐去做。或许，当她头痛或身体不舒服时，他们并没有表现得很关心，但话说回来，她也没有鼓励过他们要这样表现。还有，那个很出色的厨娘在提出辞呈时，曾说了些什么？说没法永远老是这样得不到赞赏地做下去——这话挺可笑的。

"老是只告诉我哪里做得不对、哪里做得不好，夫人，做得好时却从来没有一句称赞的话……这很让人泄气。"

她当时冷冷地回答说："你当然也明白，厨娘，要是没说什么的话，那是因为你每样事都做得很好，很令人满意。"

"或许是这样，夫人，不过这却很让人灰心，毕竟我是个人，而且也的确不怕麻烦地花了很多工夫去做你要的西班牙炖肉，尽管很麻烦，而我自己根本就不喜欢这种造作的菜色。"

"那道菜做得相当出色，厨娘。"

"是的，夫人，看见你们在饭厅里把它全部吃完时，我也这样认为，但是结果你却什么话也没跟我说。"

琼不耐烦地说："你不认为你挺傻的吗？说到底，付你很好的薪水就是要你做饭的。"

"哦，工资是相当令人满意的，夫人。"

"因此，你要理解的是，你是个够好的厨娘，要是有什么不满意的地方，我就会提出来。"

"你的确是这样做的，夫人。"

"显然你很讨厌这样？"

"话不是这样说，夫人，不过我想我们最好还是不要再谈这个了，做完这个月，我就会走。"

用人们，琼心想，很心怀不满，满腔情绪和怨恨。他们都很喜欢罗德尼，当然，这完全只因为他是男人，为男主人做什么都不嫌麻烦。而罗德尼有时也会说出令人料想不到的关于用人的事。

"别再责备埃德娜了，"他会出其不意地说，"她男朋友移情别恋，把她甩了，所以她才会老是掉东西，递蔬菜时递两次，而且丢三落四的。”

“你怎么会知道的，罗德尼？”

“她今天早上告诉我的。”

“这可真奇了！她居然会跟你谈这种事情。”

“嗯，其实是我问她出了什么事。我留意到她眼睛红红的，好像哭过。”

罗德尼，琼心想，真是个少见的好人。

有一次她对他说：“我还以为凭你当律师的经验，会厌倦人跟人之间的纠结。”

当时他若有所思地回答说：“对，大家都会这样以为。不过却不是那么回事。我猜想，除了医生之外，就属乡下家庭律师最容易看到人性阴暗面。不过这只加深了他对人类的怜悯——人是这样的脆弱，因此才容易产生恐惧、怀疑和贪婪，有时却又出乎意料地不自私和勇敢。这大概是唯一的补偿吧——让人更有同情心。”

琼差点就说出口了：“补偿？这话怎么说？”但出于某种原因，她没有说。最好别说了，她心想，不，最好什么都别说。

但她有时却为了罗德尼太有同情心而感到困扰。

就拿霍兹登老头的抵押贷款来说吧。

她不是从罗德尼那里获悉此事的，而是从霍兹登多嘴的侄媳妇那里听到的。她忐忑不安地回到家。

罗德尼从自己私人资金里拨款出来借给霍兹登，是不是真的？

罗德尼一脸恼怒之色，脸涨得通红，说话语气颇激烈："谁告诉你的？"

她告诉他之后，说："为什么他不能按照正规途径去借钱呢？"

"从生意的观点来看，担保品价值不足。所以这阵子农地要抵押贷款很难。"

"那到底为什么是你借钱给他？"

"哦，我觉得借他无妨。霍兹登真的是个好农夫，只不过缺乏资金，加上有两季收成不好，所以才陷入窘境。"

"但说到底，是他的经济情况很差，得要筹钱。我真的不认为这是笔好生意，罗德尼。"

接着，挺突然又出人意表的，罗德尼发脾气了。

他问她，有没有先了解过全国各地农夫所陷入的困境？是否晓得那些困难、障碍，以及政府短视的政策？他站在那里滔滔不绝讲了一大堆关于整个英国农业的现况，然后满腔热忱、义愤填膺地描述起老霍兹登个人的困难处境。

"这有可能发生在任何人身上，不管这人有多聪明、多么苦干。换了我处在他的位置，也可能会发生这些情况。先是缺乏资金可推展，然后是霉运接踵而来。总而言之，很抱歉，我要说，这不关你的事。琼，我不插手你怎么理家、管教孩子，那是你的管辖范围。而这件事则是我的管辖范围。"

她听了很不是滋味——很苦涩地感到受伤。这种口气实在太不像罗德尼了。那次他们两个差点就要吵起架来。

而且都怪那个讨厌的老霍兹登。罗德尼一心都在那个笨老头身上，星期天下午他会出门去那里，整个下午都和霍兹登到处走动，回家后，满肚子农作物以及牛只疾病状况的讯息，以及其他无趣的聊天话题。

他甚至让上门的访客成了这些话题的受害者。

嗯，琼想起了在花园茶会里，她留意到罗德尼和舍斯顿太太一起坐在花园座椅上，罗德尼不断讲着、讲着、讲着，讲了那么多，以致她好奇他究竟在讲些什么，于是走上前去。因为他看起来真的讲得很兴奋，而莱斯莉则显然听得津津有味。

结果很明显他是正在讲乳牛群，以及提升这地区牛只品种水准的必要。

莱斯莉在这些事情上既没专业知识又没兴趣，她对这话题很难感到有兴趣。然而，她明显地听得很专心，两眼望着罗德尼那张眉飞色舞的热切脸孔。

琼轻轻地说："真是的，罗德尼，别用这些沉闷的事情烦扰可怜的舍斯顿太太了。"（因为那时舍斯顿夫妇刚来克雷敏斯特不久，他们那时还不太熟。）

罗德尼脸上的光辉马上消失了，他一脸歉意地对莱斯莉说："不好意思。"

莱斯莉却——以她后来惯有的说话方式——马上唐突地

说："你错了，斯丘达莫尔太太，我觉得斯丘达莫尔先生谈的这些事非常有意思。"

当时她眼中闪了一下光，使得琼暗想："说真的，我相信这女人挺有脾气的……"

接下来发生的事就是米娜·伦道夫走了过来，有点上气不接下气地叫着说："罗德尼，亲爱的，你一定得过来陪我打这一场球。我们都在等着你哪！"

然后使出只有真正的美女才能让人接受的娇媚专横手段，伸出两手把罗德尼从椅子上拉了起来，笑盈盈地看着他，一把就拉着他朝网球场走去，一点也不管罗德尼愿不愿意！

她走在罗德尼身旁，紧紧挽着他的手臂，转过头来仰视着他的脸。

当时琼心里很恼火地想着，好倒是好，不过男人并不喜欢女孩子这样的献媚法。

接着突然心里奇怪地一凉，想着：也许男人的确喜欢这样的！

一抬头，她发现莱斯莉正望着她。莱斯莉看起来不再像是个有脾气的人，反倒像是替她——琼——难过似的。这实在太不像话了。

琼在窄床上不安地辗转反侧。她是怎么又回头去想起米娜·伦道夫的？哦，对了，是在想她自己对别人有什么影响。她猜想米娜并不喜欢她，无所谓，反正她也不在乎。这种女孩一有机会就会去破坏别人的婚姻生活！

哎，哎，现在已经没必要为那事恼火了。

她得起床去吃早饭，说不定他们可以做个水煮荷包蛋让她换换口味？她已经受够了又老又硬的煎蛋卷。

然而那个印度人似乎对水煮荷包蛋这个建议无动于衷。

“用水煮？你是说煮蛋？”

不是的，琼说，她指的不是水煮蛋。根据她的经验，招待所的水煮蛋向来都煮得太老。她很努力地说明水煮荷包蛋的窍门，印度人却摇头。

“把蛋放在水里，蛋会散掉。我给夫人做个很好的煎蛋。”

于是琼有了两个“很好的”煎蛋，外缘煎得卷曲起来，中间的蛋黄又老又硬，颜色发白。基本上，她心想，她宁愿吃煎蛋卷。

早饭很快就结束了，她打听火车的消息，但什么消息都没有。

所以，另一个漫长的日子又等着她去面对了。

不过今天，起码，她会聪明地安排一下时间。问题就在于，直到目前为止，她做的只是想打发时间。

她是个在火车站等车的人，于是很自然地有紧张、神经质的心境。

假设她把这当作一段休息时间，并且，对，自律。天主教所称的“避静”带有某种本质，教徒避静过后，回来时灵性上变清新了。

琼心想，我没有理由做不到灵性一新。

也许，最近她的生活过得太散漫、太愉快也太轻松了。

似乎有个幽灵般的吉贝小姐站在她身旁，以令人难忘的巴松管腔调说："管好自己！"

不过实际上这话是她对布兰奇说的。她对琼说的是（其实蛮不客气的）："别太过沾沾自喜，琼。"

真的很不客气。因为琼从来就不曾感到自满——不是那种昏庸糊涂的方式。"想想别人，我亲爱的，不要太过于想着你自己。"她的确是这样做的啊，一直都是为别人想，很少为自己想，或者把自己摆在第一位。她向来都不自私，都为儿女着想、为罗德尼着想。

埃夫丽尔！

为什么她又突然想到了埃夫丽尔呢？

为什么这么清晰地看到她大女儿的脸——脸上带着礼貌、有点轻蔑的笑容。

埃夫丽尔，毫无疑问，从来都不曾好好地感谢自己的母亲。

她说过一些话，颇讥刺挖苦，真的很让人生气。那些话倒不是真的无礼，但是……

嗯，但是什么？

那种不吭声暗笑的样子，那扬起的双眉，还有悠悠走出房间的方式。

埃夫丽尔当然是爱她的，她所有儿女都爱她。

他们爱她吗？

儿女们爱她吗？他们真的关心她吗？

琼从椅子上起身，然后又坐了下去。

这些念头是打哪儿来的？是什么让她想到他们的？这些想法太令人害怕、太不愉快了。把它们抛出脑海，尽量不要去想它们……

吉贝小姐的声音。这回是拨奏……

“不要懒于思考，琼，不要只注重事物的表面价值，因为这是最容易的，也因为它省了麻烦！……”

是否就是因为这样，所以她才强迫自己打消这些念头？是为了省得自己麻烦？

因为这些念头的确都是令人痛苦的。

埃夫丽尔……

埃夫丽尔爱她吗？埃夫丽尔……得了，琼，面对现实吧——埃夫丽尔是否曾喜欢过她？

嗯，说真的，埃夫丽尔是个挺特殊的女孩——冷静，不露声色。

不，并非不露声色。其实埃夫丽尔是三个儿女中唯一曾给他们带来麻烦的。

冷静沉着、举止得体、不多话的埃夫丽尔，给他们的震惊有多么大！

应该说是给她的震惊。

拆信时，她一点也没戒心。信上的字迹潦草，像是出于识字不多的人之手，她还以为是来自众多慈善金受惠者之一。

看信时，她几乎未能领会信中所说。

> 这信是要让你知道，你的长女跟疗养院那边的医生在搞些什么鬼，两人在树林里亲嘴，这种不要脸的事应该要加以阻止。

琼瞪眼看着那肮脏的信纸，一阵晕眩欲呕的感觉。

真是可恶！这么恶劣……的事！

她听说过匿名信，但以前从来没有收到过。真的，匿名信让人相当难受。

你的长女——埃夫丽尔？为什么偏偏是埃夫丽尔？跟疗养院那边的医生在搞什么鬼（真恶心的用语）。是卡吉尔医生吗？那个杰出卓越的专科医生，在治疗结核病方面有很大成就，他比埃夫丽尔起码年长二十岁，有个很迷人但久卧病榻的太太。

真是胡说八道！简直是恶劣的胡说八道。

就在那时，埃夫丽尔正好走进来，略为好奇地问她（因为埃夫丽尔向来都不是真的好奇）："母亲，有什么事不对劲吗？"

琼拿着信的手在颤抖着，几乎答不出话来。

“我认为连给你看一下都不要，埃夫丽尔——这信实在太恶心了。”她的声音在发抖。

埃夫丽尔惊讶得扬起了冷漠细致的秀眉：“是信里写了什么吗？”

“是的。”

“跟我有关？”

“你最好连看都不要看，亲爱的。”

但是埃夫丽尔走过来，一声不吭地从她手里把信拿过去。

她站在那里看信看了一分钟，然后把信还给琼，接着用若有所思、置身事外的口吻说：“对，是很不好。”

“不好？简直就是恶心——相当恶心。说谎的人应该受到法律制裁才对。”

埃夫丽尔沉静地说：“这是封很卑鄙的信，但却不是谎言。”

整个房间突然天旋地转了起来，琼气急败坏地叫了起来：“你这是什么意思？你到底在说什么？”

“你不用这么大惊小怪的，母亲。我很抱歉这件事传到了你这里，但我料想迟早你还是会知道的。”

“你是说这是真的？你和……和卡吉尔医生……”

“对。”埃夫丽尔只是点点头而已。

“但这是很放荡……很可耻的。一把年纪、已婚的男人……跟你这样的年轻小姐……”

埃夫丽尔不耐烦地说："你用不着把这事说得像肥皂剧似的，完全不是这样的。事情是慢慢发展出来的，鲁珀特的太太是个久病在床的人，已经很多年了。我们……我们就只是逐渐对彼此产生了感情。就是这样。"

"就是这样？你还好意思说！"琼有很多话要说，而且说了出来。

埃夫丽尔只是耸耸肩，任由这场风暴围着她打转。最后，琼筋疲力尽了，埃夫丽尔才说："我相当能体会你的感受，母亲。我敢说，换了我是你，也会有这种感受的。不过我想我大概不会说你讲出口的某些话。但你无法扭转事实，我和鲁珀特彼此有感情，虽然我感到抱歉，但我实在看不出你对此能做些什么。"

"对此做些什么？我会去跟你父亲说——马上就去说。"

"可怜的父亲。难道你非得拿这件事去烦他吗？"

"我肯定他会知道该怎么做。"

"其实他什么也做不了，这事只会让他烦得要死。"

那真是惊天动地时期的开始。

处于风暴中心的埃夫丽尔一直保持冷静，而且显然处变不惊。

但也执拗得很。

琼对罗德尼叨念了一次又一次："我忍不住觉得这都是她摆出来的样子而已，埃夫丽尔不像是那种会动真感情的人。"

但是罗德尼却摇头说："你不了解埃夫丽尔。埃夫丽尔重感情多于理智。一旦爱上了，就会爱得很深，深到我怀疑她是否能自拔。"

"噢，罗德尼，我真的认为这是瞎说！毕竟，我比你懂得埃夫丽尔，我是她母亲。"

"身为她母亲并不表示你就真的对她有起码的认识。埃夫丽尔向来都会选择性地低调处理某些事情——不，也许该说是出于必要。愈是感受深刻的事情，她愈会在口头上刻意贬低它。"

"你的说法很牵强。"

罗德尼缓缓地说："嗯，相信我，这绝不牵强，而是真的。"

"罗德尼，我真的认为你是夸大了，只不过是不懂事女学生的浪漫情怀而已，她觉得受宠若惊地去想象……"

罗德尼打断了她的话。"琼，我亲爱的，光说些你自己也不相信的话来安慰自己，是没好处的。埃夫丽尔是真的对卡吉尔一片痴心。"

"那他可就真可耻了，绝对可耻……"

"对，没错，大家都会这么说。不过，试想，假使换了你是那个可怜鬼，太太长期卧病在床，而埃夫丽尔却以一颗年轻、慷慨的心，对你付出热情和美貌，还有她满心的渴望和她带来的新鲜感……"

"他比埃夫丽尔大二十岁呢！"

"我知道，我知道。要是他年轻个十岁的话，这诱惑大概就不会这么大了。”

“他实在是个很糟糕的男人——糟透了。”

罗德尼叹息。

“不是这样的，他是个很优秀又很仁慈的男人，很敬业、乐业，在工作上有卓越成就，也是个以温柔善良对待病妻始终不渝的男人。”

“你这会儿又想把他变成个圣人了。”

“这是哪儿的话？更何况大多数圣人，琼，都有股热情，很少是无情的。卡吉尔虽不是圣人，但他是很有人性的，有人性到陷入爱河、为情所苦。或许更有人性到会毁掉自己的人生，毁弃自己的毕生成就。这就要看了。”

“要看什么？”

罗德尼缓缓地说：“要看我们的女儿怎么做。要看她有多坚强，头脑有多清楚了。”

琼急切地说：“我们得把她送走，送她去邮轮旅游怎么样？去北欧各国的首都——要不去希腊列岛？诸如此类的旅游。”

罗德尼微笑了。

“你是想用那套当年用在你老同学布兰奇身上的方法吗？要记得，当年这个方法在她身上并不怎么管用的。”

“你是说，埃夫丽尔会从某个外国港口下船跑掉吗？”

“我认为埃夫丽尔会一开始就拒绝上路。”

“胡说，我们会坚持要她去的。”

"亲爱的琼，好好设想一下现实状况吧。你无法强迫一个成年女子的。你既不能把埃夫丽尔锁在她的卧房里，也不能强迫她离开克雷敏斯特。事实上，我也不愿意这样做。这些都是治标不治本的做法。埃夫丽尔是只肯受她所尊重的事影响的。"

"你指的是什么？"

"现实。真相。"

"你为什么不去找卡吉尔，用这丑闻去威胁他？"

罗德尼又叹气了。

"恐怕……我深深觉得……琼，这样会弄巧成拙。"

"你这是什么意思？"

"我怕卡吉尔会豁出去，和埃夫丽尔一起远走高飞。"

"这一来，他的事业不就完蛋了吗？"

"那还用说。我并不认为这后果是出于他有违职业操守，而是他如果这么做的话，人家就不会再因为他的情况特殊而谅解他了。"

"那当然，要是他晓得……"

罗德尼不耐烦地说："他现在是不怎么理智的，琼，难道你对爱情一点也不懂吗？"

这问题问得多可笑啊！她悻悻地说："谢天谢地，那种爱情我不懂……"

就在这时，罗德尼让她颇吃一惊。他对她露出微笑，然后轻轻说了一句"可怜的小琼"，接着亲她一下，就默默走开了。

他很好，琼心想，晓得她对这整件气人的事有多不开心。

是的，那段时期的确让人很焦虑。埃夫丽尔沉默不语，不跟人说话。有时连琼跟她说话，她也不回答。

我尽了全力，琼心想。但是面对一个什么都不听的女儿，你能怎么办呢？

埃夫丽尔总是脸色苍白、有气无力地保持客气，她会说：“说真的，母亲，我们非得这样下去吗？老是讲讲讲。我的确体谅你的立场，但难道你就不能接受纯然的真相吗？我的意思是，无论你说什么或做什么，都于事无补。”

情况就这样持续下去，直到九月的一个下午，埃夫丽尔脸色比平时更苍白了一点，她来对他们两人说：“我想我最好告诉你们，鲁珀特和我觉得再也不能这样下去了，我们要一起远走高飞。我希望他太太肯跟他离婚。不过要是她不肯的话，也没什么差别。”

琼已经开始气急败坏反对起来，但罗德尼阻止了她。

“要是你不介意的话，琼，让我来处理。埃夫丽尔，我得跟你谈谈。到我书房来。”

埃夫丽尔露出一丝微笑说：“父亲，你还真像个校长，可不是？”

琼发作了：“我是埃夫丽尔的母亲，我坚持……”

“拜托，琼，我想单独跟埃夫丽尔谈。你不介意让我们单独相处一下吧？”

他的口吻很果断，她正转身要走出房间时，反倒是埃夫丽尔低沉清晰的声音叫住了她。

“别走，母亲。我不希望你走开。父亲跟我说的任何话，我宁愿他当着你的面说。”

嗯，起码这点显示，琼心想，母亲还是有些重要性的。

埃夫丽尔和她父亲对望的方式多怪啊！那是种很提防地打量着对方、很不友善的态度，宛如舞台上两个敌对的角色。

然后罗德尼微微一笑说：“我明白了。原来是胆怯！”

埃夫丽尔的回答很冷静，声音中带点惊讶：“我不明白你的意思，父亲。”

罗德尼突然答非所问地说：“可惜你不是男孩子，埃夫丽尔。有时你出奇的像你叔公呢！他的眼神很奇妙，有办法用来掩饰己方的弱点，或者用来激发对方的弱点。”

埃夫丽尔马上说：“我这方没有任何弱点。”

罗德尼故意说：“我会证明给你看你是有弱点的。”

琼提高嗓门叫了起来：“埃夫丽尔，你当然不可以做出这么坏或这么傻的事。你父亲和我都不会容许的。”

听到这话，埃夫丽尔微微一笑，却不看着母亲，反而看着父亲，好像她母亲这话是针对父亲而说似的。

罗德尼说：“拜托，琼，让我来处理。”

“我认为，”埃夫丽尔说，“母亲绝对有权说她想说的话。”

“谢谢你，埃夫丽尔。”琼说，“我当然会这么做。我亲爱的孩子，你要明白，你的打算是不可能的。你年轻、浪漫，所有的事情都看得不真切。你现在冲动之下做出的事，过后就会后悔莫及。再想想你这样做会让你父亲和我有多伤心。你难道没想过这点吗？我肯定你不会希望我们痛苦的——我们一向都这么爱你。”

埃夫丽尔很耐心地听着，却没有答话，视线不曾离开她父亲的脸。

等到琼说完了，埃夫丽尔仍然看着罗德尼，唇边浮出一丝嘲弄的笑意。

“嗯，父亲，”她说，“你有没有什么要补充的？”

“没有要补充的。”罗德尼说，“不过我自己有些话要说。”

埃夫丽尔狐疑地望着他。

“埃夫丽尔，”罗德尼说，“你确实了解婚姻的意义吗？”

埃夫丽尔两眼略微睁大了些。停了一下才说：“你是要告诉我说婚姻是神圣的吗？”

“不是，”罗德尼说，“我认为婚姻可能很神圣，也可能不神圣。我要告诉你的是，婚姻是个合约。”

“哦！”埃夫丽尔说。

她似乎有一点儿——就只有一点儿——吓了一跳。

“婚姻，”罗德尼说，“是两个人之间的合约，双方都是成年人，身心及理解能力健全，对于他们所要承担的有充分认识。这是对合伙关系的规范，双方合伙人都要履行这合约的条款。也就是说，要福祸同享，不管是生病或健康的时候，不管是富有或贫穷的时候，不管是好或坏。

“因为这些话都是在教堂里面说的，有神职人员的认可和祝福，所以形同合约，就如同两人之间凭信心所达成的协议一样。尽管有些义务不是靠法庭的法律来强制执行，但这些义务还是落在那些当初许下承诺的人身上。我想你也会同意这很公平合理吧。”

谈话停顿了一下，然后埃夫丽尔说：“以前可能真的是这样，可是现在对婚姻的看法跟以前不同了，而且有很多人并不是在教堂里结婚的，没有采用教会的誓词。”

“也许是这样。但是十八年前鲁珀特·卡吉尔的确在教堂里讲了这些话，许下了诺言、成立了合约，你敢说他那时候不是怀着诚信说出这些话，并真心打算履行它们的吗？”

埃夫丽尔耸耸肩。

罗德尼说：“你是否承认，虽然没有法律的强制执行，鲁珀特·卡吉尔的确是跟那个成为他妻子的女人定下了这个合约？他当时已经设想到未来贫病的可能，而且表明了它们不会影响这婚姻的永久性。”

埃夫丽尔的面色变得苍白。她说：“我不知道你说这么多的目的何在。”

“我希望你承认，承认婚姻除了感情和思想的因素之外，其实是一份常见的商业合约。你承不承认这点？”

“我会承认。”

“而鲁珀特·卡吉尔在你的默许下准备毁约？”

“对。”

“无视于另一方合伙人根据合约所应有的权益？”

“她会没事的。她倒不是真的那么喜欢鲁珀特，她只想着自己的健康状况，还有……”

罗德尼很不客气地打断了她的话。“埃夫丽尔，我可不是要听你说这些感情用事的话，我要的是你承认事实。”

“我没有感情用事。”

“你有。你根本就不知道卡吉尔太太的想法和感受。你只是凭空想象她的一切来配合你的需求而已。我想要的是你承认，承认她有权利。”

埃夫丽尔把头往后一甩。

“很好。她有权利。”

“那么你现在很清楚自己在做什么了？”

“你说完没有，父亲？”

“还没有。我还有一点要说。你也晓得的，对不对？你晓得卡吉尔在做的是很有价值又重要的工作，他在治疗结核病方面成就惊人，所以他在医学界里是个很卓越的人物，而很不幸的，一个人的私生活会影响到他的事业。换句话说，卡吉尔的工作、对人类的助益，非常有可能会因为你们两个现在打算做的事而受到严重影响。”

埃夫丽尔说：“你是打算说服我，让我认为我有责任放弃鲁珀特，好让他继续造福人类？”

她语气中带有一丝嘲讽。

“不是的，”罗德尼说，“我是在为那个可怜鬼着想……”

他语气突然激烈起来。

“你可以相信我说的，埃夫丽尔，一个男人要是无法做他想做的事，而且是他天生适合的工作，那他只是半个男人而已。我站在这里清清楚楚地告诉你，要是你把卡吉尔从他的事业中夺走了，让他再也不能继续他的工作，终有一天你只能无能为力地，看着你爱的这个男人很不快乐，不能发挥自己的专长，疲累又灰心，老得比实际年龄快，只能过着半个人生。要是你以为你的爱或任何一个女人的爱，可以补偿他这点的话，那我坦白告诉你，你就是个该死的感情用事的小傻瓜了。”

他停下来，往椅背上一靠，一手插在头发里。

埃夫丽尔说：“你跟我说了所有这些，但我怎么知道……”她突然住口，然后又开始说：“我怎么知道……”

“知道这是不是真的？我只能说，我认为是真的，而且是就我的体验知道的。埃夫丽尔，我是以一个男人的身份、也是一个父亲的身份，在跟你讲这些的。”

“是，”埃夫丽尔说，“我明白了……”

罗德尼又开口了，声音听来很疲倦又闷闷的：“你自己看着办吧，埃夫丽尔，去检验我告诉你的话，去接受这话或推翻它。我相信你有勇气，头脑很清楚。”

埃夫丽尔缓缓走到门口，停下脚步，手握着门柄，转过头来往后看。

当她开口说话时，突然流露出的悻悻、斗气语气让琼吓了一跳。

“你别梦想我会感激你，”她说，“父亲，我想……我想我恨你。”

然后她就出去了，反手关上了门。

琼作势要去追她，但罗德尼做了个阻止的手势。

“让她去吧，”他说，“让她去吧。你难道不明白吗？我们赢了……”

第八章

然后这件事，琼回想，就这样结束了。

埃夫丽尔变得很沉默，跟人说话时只用单字回答，如果可以不说话，她绝对不开口，人也愈来愈苍白消瘦。

一个月之后，她表示打算去伦敦的秘书学校受训。

罗德尼马上就同意了。埃夫丽尔离开他们时，一点也没有表示出难过、不舍的样子。

三个月之后，她回家探望家人，神态已经相当正常，而且就琼的理解，她在伦敦似乎过得挺快活的。

琼放下了心，并且向罗德尼表达了她的安心。

“整件事都烟消云散了。我一直没把这件事当真。这只不过是黄毛丫头的痴心幻想而已。”

罗德尼看着她，露出微笑，说：“可怜的小琼。”

他这话经常让她很恼火。

“嗯，你得承认那时期的确很让人烦恼。”

“是的，”他说，“的确是令人烦恼，但却不是你的烦恼，是吗？琼。”

“这话怎么说？任何影响孩子的事情，我都比他们还难过。”

“是吗？”罗德尼说，“我倒怀疑……”

这倒是真的，琼心想，而今埃夫丽尔和她父亲之间的确关系冷淡，以前他们一直都像朋友似的，现在两人之间却似乎只有礼貌客套。另一方面，埃夫丽尔对待母亲却以她向来的冷静、不置可否的方式，表现得相当讨人喜欢。

我料想，琼心想，现在她不住在家里，所以比较懂得珍惜我了。

她自己当然是很欢迎埃夫丽尔回来探望的，埃夫丽尔的冷静明理似乎让家里的气氛缓和许多。

因为芭芭拉现在已经长大了，变得很难相处。

琼对小女儿的交友情况愈来愈感苦恼。女儿似乎没有辨别力，克雷敏斯特有那么多好女孩，但芭芭拉却似乎是故意唱反调，就是不肯跟她们来往。

“她们都呆板得要死，母亲。”

“胡说，芭芭拉，我很肯定玛丽和艾莉森都是很讨人喜欢的女孩，很风趣幽默。”

“她们根本就糟透了，还戴发网呢！”

琼瞪大了眼睛，很感不解。

“真是的，芭芭拉，你这话是什么意思？戴发网有什么关系？”

“有关系。这是一种象征。”

“我认为你在瞎扯，亲爱的。还有帕梅拉，她母亲向来是我的好朋友。你为什么不多跟她出去玩呢？”

“噢，母亲，她沉闷得无可救药，一点都不好玩。”

“嗯，我认为她们都是很乖的女孩。”

“对，乖得让人受不了。再说，你怎么看她们，和我有什么关系？”

“你真是无礼，芭芭拉。”

“好吧，我的意思是，你又不用跟她们相处，所以我怎么认为才重要。我喜欢贝蒂和普丽姆罗丝，可是我带她们来喝茶时，你总是不把她们放在眼里。”

“坦白说，亲爱的，她们挺糟糕的。贝蒂的爸爸经营那种大游览车旅游，而且连 h 音也不会发[①]。”

“可是他很有钱。”

“钱不是一切，芭芭拉。”

“整个重点在于，母亲，我可以自行选择朋友吗？可以还是不可以？”

---

① 此指教育程度不高。因为说英文时不发“h”音者，往往是低下阶层的人。

“你当然可以，芭芭拉，不过得让我来指导你才行。你还很小。”

“那就是说我不可以。我想做的事一件都不能做，实在让人很火大！这个家简直就是个监狱。”

就在这时，罗德尼刚好走进来，于是问：“什么监狱？”

芭芭拉大叫着说：“这个家是监狱！”

罗德尼不但没有严肃看待这事，反而笑着揶揄说：“可怜的小芭芭拉，被当成了黑奴。”

“嗯，我的确是。”

“也很应该。我赞成奴役儿女。”

然后芭芭拉搂住他，屏息说：“亲爱的老爸，你实在太、太、太好笑了。我一向都没办法生你很久的气。”

琼气愤起来，“我可不希望……”

但罗德尼在大笑，等到芭芭拉跑出房间以后，他才说：“琼，别太当一回事。小牝马总得要踢跳一下的。”

“可是她交往的这些差劲朋友……”

“这不过是喜欢浮华、夸耀的暂时性阶段而已，会过去的，不用担心，琼。”

别担心？说得倒很容易，琼当时气愤地想着。要是她不防范的话，孩子们会出什么事？罗德尼太好说话了，不可能懂得一个做母亲的感受的。

然而，芭芭拉选择女性朋友固然叫人操心，但是她看上眼的男人更叫人烦恼，相形之下，前者简直不算什么。

乔治·哈蒙，还有那个令人反感的威尔莫尔小子——不但是对手律师事务所的成员（这家事务所承接了镇上比较不三不四的法律业务），而且还是个酒喝太多、讲话太大声、喜欢赌马的年轻人。在市政厅举行圣诞慈善舞会的那天晚上，芭芭拉就是跟威尔莫尔小子一起失踪，直到五支舞曲过后才出现，朝着她母亲坐的方向心虚又挑衅地看了一眼。

他们两个似乎跑到外面屋顶上去坐了一阵子——只有放荡的女孩才会这样做，琼如此告诫芭芭拉，她这么做让琼很忧虑。

“别这么老古板，母亲，这很荒唐可笑。”

“我一点也不老古板。我告诉你，芭芭拉，从前监督少女出席社交场合的概念又时兴了。现在的女孩子不再像十年前那样跟年轻男子往来。”

“真是的，母亲，你讲得让人听了还以为我要去跟威尔莫尔度周末似的。”

“别这样说话，芭芭拉，我不准你这样说话。而且我还听说有人在‘狗与鸭’酒馆里见到你跟乔治·哈蒙在一起。”

“噢，我们只是一家家酒馆逐店闹饮而已。”

“你太年轻了，不准做这种事。我不喜欢如今女孩家那样子喝烈酒。”

“我喝的只是啤酒而已。事实上，我们是在玩掷飞镖。”

“嗯，我不喜欢这样，芭芭拉，也不准你这样。我既不喜欢乔治·哈蒙，也不喜欢汤姆·威尔莫尔，以后不准这两个人再来我们家，你听明白了吗?”

“好的，母亲，这反正是你的家。”

“总之，我看不出你喜欢他们哪一点。”

芭芭拉耸耸肩。“噢，我不知道，他们很够刺激。”

“我不准你请他们来我们家玩，听到没有?”

那次之后有个星期天晚上，罗德尼竟然带哈蒙小子回来吃饭，让琼很恼火。她觉得罗德尼太好说话了。她摆出最冷冰冰的态度，而这个年轻人似乎也因此跟着矮了半截，尽管罗德尼以亲切友善的态度跟他交谈，费尽心思让他感到自在，但乔治·哈蒙却一直失态，讲话不是太大声，就是嘟嘟哝哝让人听不清，再不然就是吹嘘，之后又流露出歉意。

那天晚餐之后，琼气鼓鼓地把罗德尼拉到一边数落。

“你肯定晓得我已经告诉过芭芭拉，不准这人来我们家吧?”

“我知道，琼，但这样做是错的。芭芭拉的判断能力很低，只看人的表面价值，分不出冒牌货和真货。她在一个异己的环境时，不知道自己身处何地，她需要在自己的环境里去看别人。她一直把哈蒙小子当成危险又冲劲十足的人物，看不清他只是个愚蠢、爱吹牛、酗酒而且一辈子从没好好工作过一天的年轻人。”

“我自己就可以告诉她这个!”

罗德尼笑了。

“哦，琼，亲爱的，不管我们说什么，年轻一代都听不进去的。”

这话的真确性，后来在埃夫丽尔一次回家时，让琼看清楚了。

那次招待的是汤姆·威尔莫尔，面对埃夫丽尔冷静、批判性的厌恶，汤姆一点都显不出优势来。

之后，琼无意中听到两姊妹的谈话。

“埃夫丽尔，你不喜欢他？”

埃夫丽尔轻蔑地耸起肩膀，很干脆地回答说：“我认为他差劲透了。芭芭拉，你挑选男人的眼光真的很糟糕。”

从那之后，威尔莫尔就消失了踪迹，而薄情善变的芭芭拉有一天还喃喃地说：“汤姆·威尔莫尔？哦，可是这人差劲透了。”一脸认定此说的天真表情。

琼着手安排打网球活动，邀请人来家里，但芭芭拉却坚决不肯合作。

“别这么瞎忙，母亲，你老是想叫人家来。我讨厌请人来，而且你总是请些很讨厌的人来。”

琼听了面子挂不住，于是很凶地说她再也不管芭芭拉的休闲活动了。“我真不知道你究竟想怎样！”

“我只希望你们都别来烦我。”

芭芭拉真是个难相处的孩子，琼气呼呼地对罗德尼说。他也同意这话，微微蹙着双眉。

“要是她能明说到底想要什么就好了。”琼继续说。

“她自己也不清楚，她还很年轻，琼。”

“所以她需要有人替她决定事情呀！”

“不，我亲爱的，她得自己去摸索。你就让她……让她带朋友来家里好了，如果她想要这样做的话。但千万不要替她安排什么，这点似乎最引起年轻人的反感。”

完全就是男人家的想法，琼有点生气地想着，把事情撇到一边，态度含含糊糊的。如今她回想起来，可怜、亲爱的罗德尼，一向都是挺含糊的。她才是那个得讲究实际的人！然而大家反倒说罗德尼是个很精明的律师。

琼还记得有一天晚上，罗德尼在看本地报纸上一则结婚启事，乔治·哈蒙和普丽姆罗丝结婚了，罗德尼露出揶揄的微笑说：“小芭，这人可不是你从前的相好吗？”

芭芭拉像是觉得颇好玩似的哈哈大笑。

“我知道，我以前很迷他。他其实挺差劲的，可不是吗？我是说，他真的很逊。”

“我一直认为他是个最其貌不扬的年轻人，实在想象不出你看上他哪一点。”

“现在我也看不出来。”十八岁的芭芭拉已经对十七岁的自己所做过的傻事不当一回事了。“不过说真的，老爸，我那时真的以为自己爱上他了。我以为母亲会设法拆散我们，那样的话，我就会跟他私奔。万一你或母亲阻止了我们，我打定主意要把头伸进烤箱里自杀。”

“还真有茱丽叶的风格呢！”

芭芭拉有点不以为然地说：“我是说真的，爸爸，要是受不了一件事的话，还不如干脆自杀算了。”

听到这里，琼再也没法沉默下去，厉声插嘴说：“芭芭拉，不准说这样邪恶的话。你根本不知道自己在说些什么！”

“我忘了你也在场，母亲。当然，你是永远不会做这种事的，不管发生了什么事，你总是镇静又理智。”

“我的确希望如此。”

琼有点勉强忍住了脾气。等到芭芭拉走出房间之后，她对罗德尼说：“你不应该纵容这个孩子讲这种无聊话。”

“哦，反正她也会用她的方式讲这件事的。”

“当然，她是绝对不会真的做出她刚才说的那种可怕事情的。”

罗德尼沉默不语，琼惊讶地看着他说：“你可不会真的认为……”

“等她稍微长大一点，情绪稳定之后她是不会这么做的。不过，芭芭拉情绪是很不稳定的，琼，我们得要面对这点。”

“这一切都太荒唐可笑了！”

“没错，那是对我们而言，我们有一定的理智。但是对她而言却不是，她向来都是认真得要命，情绪一上来，就什么都看不见了。她不懂得抽离，也没有幽默感，在两性的问题上，她又早熟……”

“真是的！罗德尼。你讲得就像是……就像社会新闻那些可怕的案子一样。”

“社会新闻里的可怕案子全是与活生生的人有关的，要记住。”

“对，可是好好抚养像芭芭拉这样的女孩长大，并不……”

“并不什么？琼。”

“我们非得这样交谈吗？”

罗德尼叹息说：“不，不，当然不是。但我希望，是的，我真心希望芭芭拉能遇到某个像样的年轻人，正正当当地爱上他。”

说过这番话之后，简直就像是祈祷应验般，年轻的威廉·瑞正好从伊拉克回国，住在他姑姑赫里奥特夫人家。

琼第一次见到他，是在他回国大约一星期后。一天下午，芭芭拉出去了，用人领着威廉·瑞进到客厅里。琼惊讶地从书桌上抬起头来，见到一个高大结实的年轻人，下巴突出、脸色红润，还有一双沉稳的蓝眼睛。

比尔·瑞脸色更红了，他嗫嚅着说他是赫里奥特夫人的侄儿，上门拜访是……呃……要把球拍还给斯丘达莫尔小姐……呃……因为前两天她忘了带走球拍。

琼恢复了她的机智，从容大方地招呼他。

她说，芭芭拉可真粗心，老是把东西忘在别的地方。芭芭拉现在出门去了，不在家，不过可能过不久就会回来。瑞先生一定要留下来喝茶。

瑞先生看起来很乐意，于是琼就按铃吩咐用人备茶，并垂问瑞先生姑母的近况。

赫里奥特夫人的身体状况只占用了五分钟时间，接着谈话就停顿下来。瑞先生却很帮不上忙，仍然红着脸，直挺挺地坐着，脸上隐约现出内心苦恼万分的神情。幸亏这时茶送上来了，转移了注意力。

琼仍然很客套地东拉西扯，但有点感到吃力，幸好罗德尼那天比平时早下班回家，让她松了口气。罗德尼很能配合，跟他谈伊拉克，用些简单的问题引这个年轻人开口，没多久，比尔·瑞原先手足无措的僵硬放松了下来。接着罗德尼就带他进书房去了，直到快晚上七点钟，威廉才似乎很勉强地告辞离去。

“很不错的孩子。”罗德尼说。

“是的，相当不错，就是挺害羞的。”

“的确是。”罗德尼像是觉得挺好玩似的，“不过我不认为他平时也这么害羞。”

“他待得真是够久的！”

“两个多小时。”

“你一定累坏了，罗德尼。”

“哦，一点也不，我倒挺开心的。这个年轻人很有头脑，而且看事情的眼光很不寻常。脑筋很灵活，既有个性又有脑筋。是的，我喜欢他。”

“他一定是很喜欢你，尽可能地留下来跟你聊天。”

罗德尼那种好玩的神色又出现了。

“哦，他才不是为了跟我聊天才留下来的，他是希望等到芭芭拉回来。拜托，琼，难道你看到爱情时认不出来吗？这可怜的小伙子难为情得手足无措，所以脸才红得像甜菜根似的。他一定是费了很大的劲才鼓起勇气上我们家来的。结果上门以后，却看不到他的意中人。没错，这是一见钟情的例子。”

没多久，芭芭拉匆匆回到家，正好赶上吃晚饭。琼说：“芭芭拉，你认识的一个年轻小伙子来过了，是赫里奥特夫人的侄儿。他把你的球拍送回来了。”

“哦，比尔·瑞？所以他找到球拍了？那天晚上球拍好像完全失去踪影。”

“他待了好些时候。”琼说。

“可惜我跟他错过了。我跟克拉布斯家的人去看了场电影，蠢得要命的电影。你们有没有被威廉闷死？”

“没有。”罗德尼说，“我喜欢他。我们聊了中东政策。我料想，换作是你大概会觉得闷得要死吧。”

“我喜欢听世上那些奇怪地方的事。我很想去旅行，老是待在克雷敏斯特让人觉得很厌烦。总而言之，比尔不一样。”

“你可以去受点职业训练呀。”罗德尼建议说。

“哦！找份工作！”芭芭拉皱起了鼻子。“你知道，老爸，我是个懒鬼，我不喜欢工作。”

“想来，大部分人都跟你一样吧。”罗德尼说。

芭芭拉冲过去拥抱他。

“你工作得太辛苦了，我一向都这样认为。真是遗憾！”

接着，她松开手说：“我要去给比尔打个电话。他提过要去马斯顿参加定点越野赛马……”

她朝客厅后方的电话走去时，罗德尼站在她身后看着她的背影，表情很古怪，流露出质疑、不确定。

他喜欢比尔·瑞，是的，无疑从一开始就喜欢他。可是，当芭芭拉突然宣布说她和比尔订了婚，两人打算马上结婚，以便她可以跟他一起回巴格达时，罗德尼却又为何看起来如此忧心忡忡，如此焦虑？

比尔年轻，家世好，自己有钱，又有大好前途。然而为何罗德尼却有异议，而且建议他们晚一点再结婚呢？为什么他经常眉头深锁，看来很没把握又迷茫的样子呢？

然后，就在芭芭拉结婚之前，他突然发起脾气来，坚持说她太年轻了。

只不过呢，芭芭拉很快就摆平了这项反对。她跟比尔结婚并前往巴格达六个月之后，轮到埃夫丽尔宣布订婚消息了，对象是个证券经纪人，名叫爱德华·哈里森—威尔莫特。

他是个话不多、和蔼可亲的男人，三十四岁左右，非常富裕。

所以，说真的，琼心想，一切似乎都转变得好极了。罗德尼对于埃夫丽尔的订婚倒是没说什么。琼追问时他才说：“是的，是的，这是件好事。他是个很不错的人。”

埃夫丽尔出嫁之后，家里只剩琼和罗德尼。

托尼念完农学院课程，但却没通过考试，让他们夫妇很操心，最后他去了南非，因为罗德尼有个客户在那里，这人在罗得西亚有座很大的橙园农场。

托尼写信给他们，虽然信的内容都不长，但热情洋溢。后来他写信回家，宣布他和一个来自南非德班的小姐订婚了。琼想到儿子竟然要娶一个他们没见过的对象就很懊恼。这女孩也没钱，而且说真的，他们对这女孩一无所知。

罗德尼说，这是托尼自找的，所以他们一定要尽量往好的方面去想。他认为，从托尼寄回家的照片看来，这女孩挺好的，而且似乎愿意跟托尼在罗得西亚从头做起。

“我想这么一来，他们这辈子大概就都待在那里，不太会回来了。当初应该逼托尼进律师事务所的。那时我就这样说过！”

罗德尼露出笑容，说他并不擅长强迫别人。

“没错，不过说真的，罗德尼，你应该坚持的。这下子他恐怕很快就会在那里定居下来，人都是这样的。”

对，罗德尼说，这倒是真的。不过，他还是认为坚持的风险太大了。

风险？琼说她不明白，他指的风险是什么？

罗德尼说，他指的风险是儿子可能会不快乐。

琼说，有时她对这些快乐之说很不耐烦，似乎没有人想到其他的。快乐并不是人生中唯一的事，还有其他更重要的事。

譬如什么？罗德尼当时曾这样问。

嗯，琼迟疑了一下子之后说，例如“责任”。

罗德尼说，当律师绝对算不上是种责任吧。

琼有点气恼，回他说，他很清楚她的意思。托尼的责任是要讨父亲喜欢，而不是让父亲失望。

“托尼并没有让我失望。”

可是，琼惊呼说，罗德尼一定不喜欢唯一的儿子远在万里之外、隔着半个地球、住在他们永远见不到的地方吧？

“是不喜欢，”罗德尼叹口气说，“我得承认自己很想念托尼，他是这么一个活泼开朗的人。是的，我想念他……”

“这就是我说的。你应该要坚决的！”

“说到底，琼，那是托尼的人生，不是我们的。我们的人生已经过去了，我的意思是，不管好坏，都过了活跃的阶段。”

“对，嗯，从某方面说，算是吧。”

她想了一下又说：“嗯，这是很好的人生，当然，现在也还是。”

“我对此很感高兴。”

他对她微笑着。罗德尼的笑容很好看，带着揶揄的笑容，有时候像是在对你看不到的某事微笑着。

“真正的原因是，”琼说，“你和我彼此真的非常适合。”

“对，我们不怎么吵架。”

“再加上儿女方面我们也很幸运。要是他们变坏或者不快乐等等的话，那就糟糕了。”

“好玩的琼。”罗德尼当时这样说。

“嗯，可是话说回来，要真是这样的话，的确会让人很难过的。”

“琼，我不认为有什么事情会让你难过很久的。”

“嗯，”她思考着这个观点，“当然这跟我脾气很温和也有关。我认为一个人的基本职责是，要懂得不可为任何事情而情绪失控。”

“实在是令人敬佩又合宜的态度！”

“这很好，不是吗？”琼微笑着说，“感觉自己在一些事情上取得了成就。”

“是的，”罗德尼叹息说，“是的，当然是很好的。”

琼笑了，伸手轻轻摇了一下他的手臂。

“别这么谦虚，罗德尼，这附近没有哪个律师的业务比你更大了，你做得比当年哈里叔叔的时期还大。”

“是的，事务所做得相当好。”

“新合伙人还会带来更多资金。你介意有个新合伙人吗？”

罗德尼摇头。

“哦，不介意，我们需要年轻的新血。奥尔德曼和我都渐渐老了。”

对，她心想，这是真的。罗德尼的黑发中已经出现了很多灰发。

琼把自己从回忆中拉回来，看看表。

这个早上过得相当快，那些令人心烦的胡思乱想似乎也没再那么肆无忌惮地闯入她脑中了。

嗯，这不就表示“自律”果然必须吗？要井井有条地整理思绪，只去回想那些愉快又令人满意的往事——这就是她今天早上所做的。看看这个早上过得有多快，再过一个半小时就要吃午饭了。也许她最好出去散步一下，招待所附近走走就好，在吃另一顿又热又油腻的饭之前活动一下。

她走进寝室，戴上了双层毡帽，然后走出去。

一个阿拉伯男孩跪在地上，脸朝向麦加方向，伏低又直起身地膜拜着，嘴里发出鼻音很重的祈祷文。

印度人不知何时跑了出来，站在琼肩后，一副指点的口吻说：“他在做中午的祈祷。”

琼点点头。她觉得这消息实在多余，她很清楚这男孩在做什么。

“他在说安拉很体恤人，安拉很慈悲。”

“我知道。”琼说着走开了，缓缓朝向围住火车站那边的铁蒺藜走去。

她记得曾经看过六七个阿拉伯人拼命要把陷在沙里的福特老爷车拉出来，每个人都朝不同的方向又拖又拉的。她女婿威廉向她解释说，这些人在做这徒劳无功的努力之际，还满怀希望地说着：“安拉是很慈悲的。”

安拉，她心想，一定得要慈悲才行，他们这样各朝反方向拖这车的话，除非是奇迹出现，否则是不可能把这车从沙里拉出来的。

奇妙的是，他们似乎对此都相当乐在其中，开开心心的。“因安拉”，他们会这样说，意思是“但凭天意”，然后就去做那一点也不聪明的努力，满足他们自己的意愿。琼的生活方式可不是这样的。人应该要为明天深思熟虑，做好打算才是。不过要是活在像阿布哈米德这种鸟不生蛋的地方，也许就不需要那样做了。

要是在这里待得太久的话，琼寻思着，说不定连今天是星期几都会忘掉了。

然后她心想，让我看看，今天是星期四，对，星期四，我是星期一晚上抵达这里的。

这时她已经走到铁蒺藜交错之处，只见再过去一点的地方有个穿制服的男人，他手里拿了把长枪，正倚着一口大箱子。她猜想他大概是在守卫着火车站或者边界。

这人看来好像睡着了，琼认为自己最好别再走过去，免得他醒来朝她开枪。像这种事情，她心想，在阿布哈米德这样的地方未必是不可能的。

她沿着原路往回走，稍微绕一下路，这样就可以绕着招待所走，既可以掌握时间，又不用担心广场恐惧症的怪异感觉发作（如果真的是广场恐惧症作怪的话）。

当然，她也自我嘉许地心想，这个早上过得很不错，她在脑海中找出了应该要感恩的事。埃夫丽尔跟可亲的爱德华的婚事，这是个多么脚踏实地又可靠的男人，而且又这么富裕；埃夫丽尔在伦敦的房子相当好，哈洛德百货公司就近在眼前。还有芭芭拉的婚事，以及托尼的——虽然老实说并不真的那么令人满意，事实上，他们对此什么都不清楚，托尼本身就不是个令人满意的儿子。托尼应该留在家乡，进他父亲与合伙人的律师事务所。他应该娶个英国好女孩，喜欢户外活动，步他父亲的后尘。

可怜的罗德尼，黑发如今夹杂着灰色，却没有儿子来继承他的事业。

事实上，罗德尼对托尼太软弱了，他应该坚持己见不让步才对。坚持，才是该做的事。就是说嘛，琼心想，要是当初我没坚持己见的话，今天的罗德尼会落到什么下场，我还真想知道呢！想到这里，她感到了一丝自我嘉许的温暖光辉。说不定他们背了满身债，就像霍兹登老头一样，要四处筹措资金。

她心想，不知罗德尼是不是真的很感激她为他所做的……

琼望着远方飘浮晃动的地平线，有一种奇异的、水汪汪的感觉。啊，她心想，这是海市蜃楼！

对，那就是海市蜃楼……就像沙地上的一池池水。这跟想象中的海市蜃楼并不一样——以前她一直以为会看到树木和城市的，那景象具体得多。

但即使是这不引人注意的水汪汪效果也很奇异，让人感觉到：什么才是现实？

海市蜃楼，她心想，海市蜃楼，这个词似乎很重要。

她本来正在想什么？哦，对了，在想托尼，以及这孩子是多么自私又不为人着想到极点。

托尼一向都很难捉摸，他的态度总是那么含糊，明明很顺从，但却又以他静静的、温和的、满脸笑容的方式，完全随自己的意愿行事。托尼向来都不是那么爱她，没到她心目中儿子对母亲应有的听话孝顺地步。事实上，他反倒像是最关心他父亲。

她还记得，托尼还是个七岁小男孩的时候，有天半夜走进更衣室里去找睡在那里的罗德尼，平静又毫不浪漫地宣布说："父亲，我想我一定是吃了毒蕈而不是香菇，因为我肚子痛得很厉害，我想我会死掉，所以我要来这里死在你身边。"

事实上，根本不关毒蕈或香菇的事，这孩子是得了急性盲肠炎，二十四小时之内就开了刀。但在琼眼中还是觉得很奇怪，这孩子出了问题不去找她，反而是去找罗德尼；通常应该是去找母亲才对。

是的，托尼在很多方面都很磨人。在学校里很懒惰，对比赛游戏等很提不起劲，虽然他长得很好看，是那种带出去会让她很自豪的小男孩，可是托尼似乎从来都不想要跟她出去，而且他有个让人生气的毛病，每次她要找他时，他就像是融入地貌中不见了人影。

"保护色。"琼还记得埃夫丽尔这样说，"托尼在运用保护色方面，比我们聪明得多。”

琼当时不大明白她的意思，不过却有点感到被这话刺伤了。

琼看看表，不必走到太热的地步，现在就回招待所去吧。这个早上过得非常好，没有任何意外事件，没有不愉快的思绪，没有因为广场恐惧症而惊慌……

真是的，她内心有个声音在嚷着说，你说话的口气简直就像个护士。你把自己当成什么人了？琼·斯丘达莫尔。伤患吗？精神病患？还有，你干吗既感到自豪却又这么疲累呢？难道过一个愉快、正常的早上，有什么不寻常之处吗？

她匆忙走进招待所，很高兴见到这回午饭有罐头桃子可以换换口味。

吃过午饭之后，她回房间躺在床上。

要是能睡到下午茶时间就好了……

但她一点睡意也没有，脑子很清醒，闭着眼睛躺在床上，身体却感到很紧张，仿佛在等着什么事发生……仿佛在戒备之中，准备随时为了自卫而对抗某些逼近的危险。她全身肌肉都绷得紧紧的。

我得要放松，琼心想，得要放松才行。

但她无法放松下来，身体僵硬又紧绷，心跳得比平时略快，脑子里充满警觉和怀疑。

整个状况让她联想起了什么。她搜索枯肠，终于找到了适当的比拟——牙医的候诊室。

在牙医候诊室里的感觉就是这样的，知道眼前有样绝对不愉快的事情在等着你，所以你决心安抚自己，要自己别去想它，明知每一分钟都让这煎熬折磨愈来愈逼近……

但是，是什么样的煎熬折磨呢？她在等着什么呢？

会发生什么事呢？

所有的蜥蜴，她心想，都回到各自的洞里去了……这是因为有场风暴即将来临。那种暴风雨前的宁静，等待……等待……

老天，她又变得前言不搭后语了。

吉贝小姐……自律……灵修避静……

避静！她得要冥想。可以念诵什么嗡……这是神智学还是佛教的？

不对，不对，应该要守着她自己信仰的宗教。冥想着上帝，想着上帝的爱。上帝……我们在天上的父……

她自己的父亲——棕色络腮胡修剪得整整齐齐，目光深邃、仿佛能看透人的蓝眼睛，喜欢把家中样样东西整理得井然有序，一个和蔼却严格执行军纪的军官，这就是她父亲，一个典型的退役海军司令。至于她母亲，高挑苗条、迷糊、不整洁、性情可爱、粗枝大叶，以致即使她把人气得要命时，人家还是会替她找各种借口。

她母亲外出参加各种聚会时，会戴着奇怪的手套，穿着歪七扭八的裙子，铁灰色头发梳成一个髻，帽子就歪斜地用发针别在髻上，而且开心又安详，丝毫不觉得自己的打扮有何不妥。而这位海军司令的怒气总是对女儿们发泄，从不对着妻子发作。

“为什么你们这几个女儿不能看顾好母亲？让她这副模样出门是什么意思？我绝对不容许像这样的邋遢法！”他会大吼着。然后三个女儿会恭顺地回答：“遵命，父亲。”之后，她们彼此说：“话是没错，不过说真的，母亲真的是无可救药！”

琼当然很喜欢母亲，但这并不会蒙蔽她而无视于母亲很累人的这个事实——做事完全没有章法，也缺乏连贯性；虽然乐天开朗，却不负责任，热心但却冲动。

母亲去世后，她清理母亲的文件，见到一封父亲在他们结婚二十周年时写的信，让琼相当震惊。

> 今天不能跟你共度，我感到非常难过，我的心肝。写这封信是要告诉你，这些年来，你的爱对我的意义，今天更是比以往更让我感到你的可贵。你的爱是我人生中至高无上的福气，我为此感谢神，也谢谢你……

不知为何，她从来都不晓得父亲对母亲的感受竟然是这样的。

琼心想，到今年十二月，罗德尼和我就结婚满二十五年了，我们的银婚纪念日。她心想，要是他写这样一封信给我的话，该有多好啊！

她在脑中炮制了这封信。

最亲爱的琼：

我觉得必须写下我欠你的一切，以及你对我的意义。我肯定你绝对想象不到，你的爱是我最大的福气……

琼中断了写这想象中的信，心里想着，不知怎的，总觉得这很不真实。很难想象罗德尼会写这样一封信，不管他有多爱她……不管他有多爱她……

为什么这么挑衅地重复这句话呢？为什么感到一阵古怪的轻微寒战呢？在这之前，她一直在想些什么？

对了！琼突然一惊，回过神来，她本应该做灵修冥想的，结果反倒去想那些世俗之事——想她的父母亲，他们已经去世很多年了。

去世了，留下她一人。

一人独处在沙漠里，独自在这令人不快、有如牢房的房间里。

无事可想，只能想自己。

她坐起身来，既然无法入睡，躺在床上也没用。

她很讨厌这些天花板很高、有小纱窗的房间，置身其中像被包围住，让你觉得自己好像小昆虫似的。她想要一个空气流通的大客厅，有缤纷漂亮的印花棉布椅面，壁炉火架上燃着熊熊的火焰，还有人，很多人，你可以去探望他们，而那些人也会上门来看你……

哦，火车必须赶快来到，非得要赶快来。要不一辆汽车，或别的什么……

“我不能待在这里！”琼高声说，“我不能留在这里！”（她自言自语，心想，这可是很糟的迹象。）

她喝了些茶，然后出去了。她认为自己不能老坐着不动光想。

她要出去走走，而且不让自己想东想西的。

想，会让人难受。看看住在这地方的人——那个印度人、阿拉伯男孩，还有厨子，她很确定他们是从来不想什么的。

有时我坐着一面想，有时就只是坐着……

这话是谁说的？真是令人钦佩的生活方式！

她不会去想，只会去走走，不会走得离招待所太远，以防万一，噢，只是以防万一……

画出一个大圈圈，绕呀绕，像只动物般，真丢脸。是的，真丢脸，但没有什么法子。她得要非常、非常小心自己，否则……

否则什么？她不知道。她一点头绪都没有。

她绝不可以去想罗德尼，绝不可以去想埃夫丽尔，绝不可以去想托尼，绝不可以去想芭芭拉。她绝不可以去想布兰奇，绝不可以去想血红色的杜鹃花蕾。（尤其绝不可以去想血红色的杜鹃花蕾！）绝不可以去想诗词……

她绝不可以去想琼·斯丘达莫尔。可是这是我自己呀！不，不是。是，是的……

要是你没事可做，只能想你自己，结果会发现些什么关于自己的事呢？

“我不想要知道。”琼高声说。

她的声音吓了自己一跳。她究竟不想要知道什么？

一场仗，她心想，我正在打一场要输掉的仗。

但是跟谁打？为什么打？

算了，她心想，我不想要知道……

抓紧这点。这是句好话。

她有种奇怪的感觉，仿佛有人跟她走在一起，某个她很熟的人，要是她回头的话……嗯，她回过头去，但并没有人，一个人影都没有。

然而那种“有人在旁边”的感觉却挥之不去，让她很害怕。罗德尼、埃夫丽尔、托尼、芭芭拉，没有一个会来帮她，没有一个帮得了她，没有一个会想要帮她。他们没有一个关心她。

她走回招待所去，想躲开这个窥伺她的人，不管那是谁。印度人站在铁丝网门外。琼走近时，有点摇摇晃晃，印度人盯着她看的神情令她恼火。

“什么事？”她说，“怎么了？”

“夫人看起来不太舒服的样子，说不定夫人是发烧了？”

原来如此！可不是，原来如此！她发烧了。真笨，之前怎么没想到？

她赶快进屋里去，得去量体温，找她的奎宁丸。她有带奎宁丸，不知放在哪了。

她找出了体温计，放到舌头下面。

发烧，当然是因为发烧！前言不搭后语……那种无名的恐惧……忧心悬念、心跳加速。

纯粹是生理上的因素，整件事情都是。

她取出体温计看上面的指数。

华氏九十八点二度[①]，比平时体温还低了一点点。

好不容易总算熬到了晚上。此时她真的很担心自己了。不是因为太阳，不是因为发烧，一定是因为神经紧张的缘故。

“只是神经紧张的缘故。”人家说。她也曾经这样说过别人。嗯，下午她并不知道，现在知道了。只因为神经紧张的缘故，真是的！神经紧张真要命！她需要的是医生，一个善解人意的好医生，以及一家疗养院，还有一名和善又有效率的护士，不会离开房间。“绝对不能丢下斯丘达莫尔太太一个人。”结果她现在有的却是沙漠中粉刷过的牢房，一个不

① 约等于摄氏 36.8 度。

很聪明的印度人，一个完全白痴的阿拉伯男孩，以及一名厨子。而这厨子过不久就会送上一顿饭，内容只有白饭、罐头鲑鱼、烘焙豆子，还有煮得很老的蛋。

全都不对，琼心想，就我这情况，这样的治疗根本就是不对的……

晚饭过后，她回房间去看她那瓶阿司匹林，只剩下六颗了。她不顾一切全都吃下去，这一来，明天就没有了，但她觉得总得做些什么事才行。下次再也不会这样了，她心想，绝对不再没带适当的安眠药物出门旅行了。

她脱了衣服，满怀忧虑地躺了下来。

但说也奇怪，竟然几乎马上就睡着了。

那晚，她梦见自己在一所大监狱里，里面有曲折的走廊。她设法要出去，却找不到路，然而，期间她却相当确信自己的确知道出路……

你只需要回想起来就行了，她不断努力告诉自己说，你只要想起来就行了。

到了早上她醒过来时，感到心情还算平静，虽然很累。

“你只要想起来就行了。”她告诉自己说。

她起身穿好衣服去吃了早饭。

她觉得自己没什么事了，只是有点忧心，如此而已。

我想大概很快又会从头开始了，她暗想。好吧，真要这样，我也没办法。

她呆坐在椅子上，预想自己不久就会出去，但眼下还没到时候。

她不再特别去想些什么事，也不再不去想事情。这两者都太累人了。她打算任由自己的思绪飘移。

罗德尼律师事务所的外间办公室，有贴了白色标签的契约箱，标签上注明“艾弗克斯勋爵房地产，已故”，“威廉斯上校”。一箱箱就像舞台道具般。

彼得·舍斯顿那张脸从书桌后抬起，一脸聪慧热切，多像他母亲啊——不尽然，他的眼神像他父亲，滴溜溜转，老是侧目看人。换了我是罗德尼，我就不会太信任他。她曾这样想过。

奇怪，她竟然会想到这个！

莱斯莉死后，舍斯顿整个崩溃了，在短时间内就酗酒致死。孩子们由亲戚接济。最小的是个女孩，出生六个月就死了。

舍斯顿家的长子约翰步入林业，如今去了缅甸某地方。琼还记得莱斯莉以及她那些手染沙发布面、软垫布套等，要是约翰像他母亲，像她那样渴望看到植物快速生长的话，他现在一定很快乐。听说他发展得很好。

彼得·舍斯顿则跑来找罗德尼，表达了他想到事务所上班的意愿。

“母亲告诉过我，她很肯定您会帮我的，先生。”

很有吸引力、爽快直率的男孩，满脸笑容、积极，总是很急着讨好人——琼一直认为，他是舍斯顿家两个儿子之中比较引人注意的。

罗德尼很高兴地任用了这个男孩。说不定，这对他来说有点补偿作用，因为他自己的儿子宁愿跑到海外去，远离家人。

说不定，时间久了之后，罗德尼会把彼得当成自己的儿子。彼得常来家里，而且总是很讨琼喜欢。态度随和又迷人，但却不像他父亲那样油腔滑调。

然后有一天罗德尼下班回家，看起来很忧虑又不舒服的样子。她问起来时，罗德尼不耐烦地回答说："没事。"完全没事。但过了一星期左右，他提及彼得要走了，要去一家飞机制造厂上班。

"噢，罗德尼，你一直都在栽培他，而且我们两个都那么喜欢他！"

"对，很讨人喜欢的男孩子。"

"到底出了什么问题？是因为他懒惰吗？"

"哦，不，他很有数字头脑，这方面很行。"

"就像他父亲一样？"

"对，就像他父亲一样。可是这个男孩子受新发现所吸引——飞行——诸如此类的事。"

但琼没在听罗德尼说话，她自己说出口的已经引起了某些联想。彼得离开得很突然。

"罗德尼……出了问题，是吧？"

“出问题？这话怎么说？”

“我是说……嗯，就像他父亲一样。他的嘴巴长得像莱斯莉，但那种奇怪的、游移不定的眼神，就跟他父亲以前一样。噢，罗德尼，这是真的吧？是不是？他是不是做了什么？”

罗德尼缓缓地说：“只不过出了点小问题。”

“会计方面的？他拿了钱？”

“我不想谈这个，琼，没什么大不了的。”

“像他父亲一样走歪路！遗传很奇怪吧？”

“很奇怪。不过似乎刚好相反。”

“你的意思是说，他也可能会是像莱斯莉？不过话说回来，她并不是个特别有效率的人，对不对？”

罗德尼以冷冷的语气说：“我认为她是很有效率的人，坚持自己的工作，而且做得很好。”

“可怜的人。”

罗德尼生气地说：“我希望你不要老是可怜她。这让我觉得很烦。”

“可是，罗德尼，你真没同情心，她这辈子真的过得很惨的。”

“我从来都不认为她是这样的。”

“还有她的死……”

“我宁愿你别再提这个了。”

他转身走开了。

琼心想，每个人都怕癌症，避谈这字眼，要是可以的话，他们就用别的称呼：恶性增生、一次重大手术、不治之症、里面长了东西。连罗德尼也不喜欢提到这个。因为，毕竟这很难说——每十二人之中就会有一人死于这病，不是吗？而且往往是最健康的人会得这病，那些人原本都跟这个沾不上边的。

琼还记得那天在市集广场上从兰伯特太太那里听到这消息的情景。

“我亲爱的，你听说了没？可怜的舍斯顿太太！”

“她怎么了？”

“死了！”对方津津有味地说，然后压低了声音，“我相信是里面长东西……没办法开刀……我听说她被疼痛折磨得很惨，但还是勇气十足，一直工作到最后两个星期，直到他们非得给她吗啡止痛为止。我侄媳妇一个半月前见到她时，她看起来病得很厉害，瘦得像竹竿似的，但还是跟往常一样开怀说笑。我猜人就是不肯相信自己永远好不起来了。哎，她这辈子也够惨的，可怜的女人。我敢说这对她是个慈悲的解脱……”

琼赶快回家告诉罗德尼。而罗德尼却平静地说，是的，他已经知道了，他是她的遗嘱执行人，所以他们马上就跟他联络了。

莱斯莉身后没有留下多少遗产，所留下的都由孩子均分。遗嘱中最让克雷敏斯特热烈讨论的条文是：要把她的遗体送到克雷敏斯特安葬。“因为，”遗嘱上这样说明，“我在那里的时候很快乐。”

于是莱斯莉就安息在克雷敏斯特的圣玛丽教堂墓园里。

有些人认为这是很奇怪的要求，因为她丈夫就是在克雷敏斯特被判定侵占银行资金罪名的。但有的人却说这相当自然，在所有的问题发生之前，她的确在这地方有过快乐的日子，因此在回顾时很自然地会把这地方当作失乐园。

可怜的莱斯莉。这家人都很悲惨，年轻的彼得在受训后成为实习飞行员，结果却撞机身亡。

罗德尼因此大受打击，表现得很激动，似乎为了彼得的死而自责。

“可是说真的，罗德尼，我不明白你怎么会有这样的想法，这跟你一点关系都没有。”

“莱斯莉叫他来找我，告诉他说我会给他工作，会照顾他的。”

“嗯，你也的确做了，你安排他到事务所上班。”

“我知道。”

“结果他误入歧途，你也没有追究他或什么的。你自己填补了亏空，不是吗？”

“对，是的，这不是重点。你难道看不出来吗？这就是莱斯莉叫他来找我的原因，因为她晓得儿子软弱，遗传了舍斯顿不可信赖的缺点。约翰没问题。她相信我可以照顾彼得，管住他的弱点。这孩子是个奇异的组合，有舍斯顿的欺诈毛病，却又有莱斯莉的勇气。阿马达雷斯写信给我，说他是他们雇用过最好的飞行员，驾起飞机勇猛，技术也超群，这是他们形容的字眼。这孩子自告奋勇，你知道，在飞机上试用秘密新设备，这设备有危险性，所以他才会丧生。”

“嗯，我认为这种行为是很值得赞扬的，真的很光荣。”

罗德尼冷笑了一下。

“哦，没错，琼。不过换了是你亲生儿子这样丧生的话，你会这么满不在乎地说出这话吗？你会因为托尼死得很光荣而感到满意吗？”

琼瞠目结舌。

“可是彼得又不是我们的儿子。这完全是不同的。”

“我是在想莱斯莉……想着她会有什么样的感受……”

坐在招待所里，琼在椅子上换了一下坐姿。

为什么来到这里之后，舍斯顿一家就老是不断出现在她的思绪里呢？她还有别的朋友，那些比舍斯顿家任何一个人都对她更具意义的朋友。

她从来都不是很喜欢莱斯莉，只是为她感到难过而已。可怜的莱斯莉，躺在大理石板下。

琼打了个冷战。我发冷，琼心想，我发冷，有人走在我的坟上①。

---

① 这是西方人无故打冷战时的迷信说法。

可是她在想的是莱斯莉的坟呀！

这里很冷，她心想，又冷又阴暗。我要到外面的阳光下，不想在这里待下去了。

教堂墓园、莱斯莉的坟，还有那朵从罗德尼外套上落下的沉重的杜鹃花蕾。

狂风的确摧残了五月的娇嫩花蕾……

第九章

琼几乎是跑着到外面阳光下的。

她马上很快走起来，看都不看那一大堆空罐头和母鸡。

这样好多了，温暖的阳光。

温暖，不再发冷了。

她已经逃离了那一切……

可是“逃离了那一切”是什么意思？

吉贝小姐的幽灵似乎突然靠近她身旁，用令人难忘的语气说：“管好你的思绪，琼，措词要精准，搞清楚你逃离的究竟是什么。”

可是她不知道，一点头绪也没有。

有些恐惧，有些威胁，死死追着来。

某样一直存在的东西在等着她，而她就只能闪躲，坐立难安……

真是的，琼·斯丘达莫尔，她对自己说，你表现得实在莫名其妙……

可是这样说却于事无补，她一定是有什么地方非常不对劲，不完全是因为广场恐惧症（她有没有把这名称弄对？没有把握。这点让她颇心烦），因为这回她是急着要逃离困住她的冰冷四壁，从那里逃脱到开阔的地方和阳光下。现在来到外面，她觉得好多了。

到外面去！到阳光下！摆脱这些思绪。

她在这里待得够久了，这间天花板挑高的房间简直就像陵墓。

莱斯莉的坟墓，还有罗德尼的……

莱斯莉……罗德尼……

到外面去……

阳光……

在这房间里，这么冷……

冷，而且孤独……

她加快了脚步，摆脱招待所里那间可怕的陵墓，如此阴冷，那么封闭……

很容易让人想到鬼魂的地方。

多愚蠢的想法——招待所几乎可说是全新建筑，两年前才盖好的。

新建筑里面不可能有不散的阴魂，大家都知道这点。

不，要是招待所里有阴魂的话，那么，一定是她，琼·斯丘达莫尔，把它们带到这里来的。

喏，这可真是令人非常不愉快的想法。

她加快了脚步。

最起码，她坚定地想，现在没人跟我在一起，我是独自一人，这里甚至没有我可以去认识一下的人。

就像是……谁来着？斯坦利①和利文斯顿②？在非洲蛮荒地带相遇。

你是利文斯顿医生，对吧③？

这里却完全不一样，她在这里可以遇到的唯一一人，就是琼·斯丘达莫尔。

真是个滑稽的想法！“来见见琼·斯丘达莫尔。”“很高兴认识你，斯丘达莫尔太太。”

真是的，挺荒唐的想法……

遇见你自己……

遇见你自己……

哦，上帝，她害怕起来……

---

① 斯坦利（Henry Morton Stanley，1841—1904），英国记者、探险家。

② 利文斯顿（David Livingstone，1813—1873），英国著名的传教士、探险家。

③ 原文为“Dr Livingstone, I presume.”这句话源于19世纪70年代，当时斯坦利在报社的赞助下前往非洲寻找失踪多年的利文斯顿。当他费时两年终于找到已失踪六年的利文斯顿时，便以这句话做开场白。此后，每当多年不见的朋友再度相遇时，有人会拿这句话来做一种幽默招呼语。

她怕得不得了……

脚步加快到近乎跑步了。她往前跑着跑着，有点跌跌撞撞的，思绪就像脚步一样，也是跌跌撞撞的。

……我害怕……

……哦，上帝，我好害怕……

……要是有个人在这里就好了，有个人陪着我……

布兰奇，她想着，但愿布兰奇在这里。

对，布兰奇就是她需要的人……

没有人跟她这么接近、这么亲，她的朋友中没有一个是这样的，只有布兰奇……

布兰奇，随和、好心又热心得很。布兰奇心很好，你吓不倒布兰奇或让她感到吃惊。

再说，布兰奇认为她很好，认为她的人生很成功，布兰奇喜欢她。

其他人都不是这样的……

就是这……这念头一直跟着她，这就是琼·斯丘达莫尔心里有数的，而且一直都知道……

很多蜥蜴又从洞里钻出来了……

真相……

一点一滴的真相，宛如一只只蜥蜴般从洞里钻出来，在说着："我在这里，你知道我，你很清楚，别假装你不知道。"

而她也的确知道它们——这才是可怕的地方。

她认得它们每一个。

对着她咧嘴笑，嘲笑着她。

所有一点一滴的真相，自从她来到这里之后，就向她显现出来。她需要做的只不过是把它们拼凑起来而已。

她的整个人生故事——琼·斯丘达莫尔真正的故事……

这故事在这里等着她……

以前她从来不需去想这个。用些鸡毛蒜皮琐事填满每一天的生活相当容易，没有时间认识自我。

布兰奇说什么来着？

“要是你没别的事可想，只能一天又一天想着自己的话，到头来不晓得会从自己身上发现到什么。”

而她的回答是多么的充满优越感、自鸣得意又愚蠢莫及：“人难道会发现什么自己以前不知道的事吗？”

有时候，母亲，我想你根本谁都不了解……

这是托尼说的。

托尼说得可真对啊！

她对儿女、对罗德尼都不了解。她爱他们，但她却不清楚他们的想法。

她应该清楚的。

要是你爱对方，就应该去了解他们。

你不了解，是因为去相信那些愉快轻松的事情要容易得多，你不会肯面对实情来让自己难受的。

就拿埃夫丽尔来说——埃夫丽尔以及她所承受的痛苦。

她不想承认埃夫丽尔在受苦……

埃夫丽尔一直都很鄙视她……

埃夫丽尔在年纪还小的时候，就已经看穿她了……

埃夫丽尔曾经受到人生打击而心碎，说不定即使到现在，也仍然是个心灵残缺的人。

但却是个充满勇气的人……

勇气，正是她，琼，所欠缺的。

“勇气并非一切。”她曾经这样说过。

而罗德尼则说：“难道不是吗？”

罗德尼是对的……

托尼、埃夫丽尔、罗德尼——都是她的原告。

芭芭拉呢？

芭芭拉究竟出了什么问题？为什么医生那么保留？为什么大家都瞒着她？

这孩子做了什么了？这个感情冲动、管不住自己的孩子，结果嫁给了第一个向她求婚的男人，以便可以离家。

是的，这点的确是事实——这正是芭芭拉所做的。她在家里不快乐。之所以不快乐，是因为琼一点也不肯费心让她在家里住得开心。

她没有对芭芭拉付出爱心，一点也不去了解她。她很快活又自私地以“为芭芭拉好”为由，决定了一切，根本就不管芭芭拉的喜好或意愿。她不欢迎芭芭拉的朋友上门，婉转地让她们碰一鼻子灰。难怪远嫁到巴格达这念头对芭芭拉来说，就像是逃亡签证了。

她匆忙又冲动地嫁给了威廉·瑞，照罗德尼的说法，芭芭拉根本就不爱他。然后发生了什么事？

外遇？很不开心的外遇？大概就是那个瑞德少校吧？对，这就说得通为什么每当琼提到他时气氛就很尴尬。这人完全就像是那种男人，她心想，会去迷惑一个还没长大的傻丫头。

芭芭拉从小就容易情绪失控，所以在绝望之际，在绝望透顶的状态中，她完全失控，意图——对，一定是这么回事——自杀。

而芭芭拉的状况也非常、非常严重。

罗德尼是不是知情呢？琼寻思着。罗德尼的确竭力劝阻过她，不想让她赶到巴格达去。

不，罗德尼肯定不知道，否则就会告诉她了。嗯，不，说不定他不会告诉她，但他确实极力拦阻她前往。

可是她拿定了主意非去不可，说她受不了不去陪那可怜的孩子。

不用说，这是值得称道的冲动。

只不过……这理由只有部分是真的吧？

难道她没有被“旅行”这个念头所吸引——去见识新奇的事物、新奇的地方？难道不是因为她很乐得享受扮演慈母的角色吗？难道不是她自视为迷人、冲动的女性，很受病倒的女儿与心烦意乱女婿欢迎的人吗？你真好，他们会说，这样赶过来。

但是说真的，他们见到她却一点也不开心！说白了，他们根本就是沮丧。他们提醒医生守口如瓶，大家费尽心思不让她知道真相。他们不愿意让她知道，是因为他们不信任她。芭芭拉没信任过她。别让母亲知道——说不定这还是她的意思。

当她宣布说要回家时，他们多么如释重负啊。他们掩饰得相当好，很客套地抗议了一下，留她再多住一阵子，可是当她真的考虑这样做而迟疑时，威廉马上就让她打消念头了。

事实上，这趟她走往中东唯一可能造成的好处是，很微妙地让芭芭拉和威廉团结起来努力摆脱她，并守住他们的秘密。妙就妙在这一来，说不定因为她的来访，而产生出正面的结果。琼记得，芭芭拉因为还很虚弱，往往求助地望着威廉，而威廉的回应就是赶快找话说，解释了某个疑点，挡掉琼提出的不得体的问题。

这时芭芭拉就很感激地看着他——深情地。

他们站在月台上送行，看着她远去。琼还记得威廉牵着芭芭拉的手，而芭芭拉则微微靠向他。

“加油，亲爱的，”无疑他的意思是在这样说，“很快就过去了，她马上就走了……”

等到火车开走之后，他们会回到位于阿尔威亚那栋平房里，跟莫朴西玩耍，因为他们两个都很爱莫朴西。这可爱的宝宝长得就像威廉的滑稽漫画版。而芭芭拉则会说："谢天谢地她走了，这个家总算又归我们了。"

可怜的威廉，如此深爱芭芭拉，一定一直都很不开心，然而他的爱和柔情却从不曾动摇过。

"别担心她！"布兰奇曾说过，"她会没事的，何况还有孩子以及其他一切等等。"

好心的布兰奇，还试图安抚她根本就不存在的忧虑。

而她，琼，却充满优越感，满脑子只有对老朋友的鄙视和怜悯。

感谢主，我不像这个女人……

是的，她居然还这样祷告……

此时此刻，她愿意付出一切，只求布兰奇在这里陪她！

布兰奇，一片好心好意，对任何人都完全没有谴责之心。

那天晚上在铁路局招待所里，她曾裹在虚伪的优越感斗篷里祷告。

如今她不再感觉有片布遮掩她，她还能祷告吗？

琼身子往前一跌，双膝跪下。

……上帝，她祷告着，救救我……

……我快疯了，上帝……

……别让我疯掉……

……别让我再想下去……

一片寂静……

寂静和阳光……

还有她自己的心跳声……

上帝，她心想，遗弃了我……

……上帝不肯救我……

……我很孤单，非常孤单……

这片可怕的寂静……这叫人难受极了的寂寞……

小琼·斯丘达莫尔……愚昧、无用、自命不凡的小琼·斯丘达莫尔……

孤零零地在沙漠里。

基督，她心想，曾经孤零零地待在沙漠里。

待了四十个昼夜……

……不，不，没人做得到的，没有人受得了的……

这片寂静、阳光、寂寞……

恐惧又向她袭来——对广大、空旷空间的恐惧。人在这儿孤零零地，只有上帝……

她颤巍巍地站起身来。

她得要回到招待所去……回到招待所去。

那个印度人、那个阿拉伯男孩，还有那些母鸡、空罐头……

人类。

她拼命往四周张望，看不到招待所的踪影，见不到火车站那个小小的碉堡——无影无踪，甚至连远山也看不到了。

她一定是走得比以前还要远得多，远到周围都见不到可辨识的地标了。

十分惊恐的她，根本就不知道招待所位于哪个方向……

那些山，那些远山总不可能消失吧？但四周地平线上只见得到低低的云层……那是山，还是云？实在难说。

她迷失了方向，完全迷失了……

不，要是她往北走……没错，往北。

太阳……

太阳就在她头顶上方……没法靠太阳来辨认方向……

她迷失了，迷失了，大概永远找不到回去的路了……

突然间，她狂跑起来。

起初往一个方向，跟着，突然惊慌地回头往反方向跑，就这么绝望地来回狂奔。

而且她开始喊叫起来，大叫着，呼喊着……

救命……

救命……

（他们永远听不到我的叫唤，她心想……我离得太远了……）

沙漠吞噬了她的声音，音量小到像绵羊微弱的咩咩叫。像只绵羊，她心想，就像只绵羊似的……

他找到他的羊……

耶和华是我的牧者……

罗德尼——大街上的绿草地和幽谷……

罗德尼！她大喊着，救救我，救救我……

然而罗德尼在月台上渐行渐远，抬头挺胸……欣然想着有几星期的自由了……在那一刻里，他感到又年轻了……

他听不到她叫唤的。

埃夫丽尔、埃夫丽尔——埃夫丽尔愿不愿意救救她?

我是你母亲，埃夫丽尔！我做的一切向来都是为了你……

不，埃夫丽尔只会静静走出房间，或许还一面说："没什么我能做的了……"

托尼——托尼会救她。

不，托尼也救不了她，他远在南非。

远在天涯……

芭芭拉——芭芭拉身体很差……芭芭拉吃坏了肚子。

莱斯莉，她想到了。要是莱斯莉能的话，就会救我，但是莱斯莉已经死了，她吃了很多苦之后死了……

没有用的，一个人都没有……

她又跑了起来，没命地跑，毫无概念或方向，只是跑着……

汗水从脸上流了下来，流到脖子里，流遍全身……

她心想，完蛋了……

主耶稣，她心想……主耶稣……

主耶稣会到这个沙漠，到她这里来……

主耶稣会为她带路，把她带到绿色的幽谷。

……会带领着她和羊群……

……迷途羔羊……

……悔过的罪人……

……行过幽谷……

……（不要阴影，只要阳光……）

……慈光引领。（可是阳光一点也不慈爱……）

绿色幽谷，绿色幽谷，她得找到绿色幽谷……

通往克雷敏斯特市中心的大街。

通往沙漠……

四十个昼夜。

才刚过了三天而已——所以主耶稣应该还在沙漠里。

主耶稣，她祈祷着，救救我……

主耶稣……

那是什么？

在那里——远方的右边——地平线上模糊的小点！

是招待所……她没走丢……她得救了……

得救了……

她双膝一软，跌在沙丘上……

第十章

琼逐渐恢复了神志……

她觉得身体很不舒服，好像病了似的……

而且很衰弱，弱得像个婴孩。

但她有救了，招待所就在那边。过一会儿之后，等她稍微感到好些时，就可以站起来走回去了。

在这之前，她会待着不动，把事情想个水落石出。好好想清楚，不再假装了。

毕竟，上帝没有遗弃她……

她不再有那种可怕的孤独感了……

但我得要想想，她告诉自己说，我得要想想，我得要把事情弄个清楚，我在这里就是这缘故——要把事情弄清楚……

她得要彻彻底底地认清琼·斯丘达莫尔究竟是什么样的女人……

这就是她为什么会来这里，来到这沙漠的原因。这明亮、可怕的光会照出她是什么样的人，会照出她不想要去看的所有事情的真相——而其实那些事情，说真的，她一直都心里有数。

昨天出现过一条线索，也许，她最好就从这线索开始。因为就是从那之后，可不是吗？那第一股盲目的惊慌感就席卷了她。

她曾背诵诗词——事情就从这儿开始的。

春天里，我曾不在你身边……

就是这句诗，让她想起了罗德尼，而她则曾说："可是现在已经是十一月了……"

一如那天晚上罗德尼所说："可是现在已经是十月了……"

那晚，就是他和莱斯莉一起坐着的那天晚上——他们两个沉默不语地坐着，相隔四英尺的距离。当时她还想过，可不是吗？这种距离不是太友好的样子。

但她现在知道了——那还用说，其实当时她就知道了——为什么他们两人隔得那么远。

那是因为，不是吗？他们不敢靠得再近一点……

罗德尼，和莱斯莉·舍斯顿……

不是和米娜·伦道夫——从来就不是米娜·伦道夫。她曾刻意在脑子里编造关于米娜·伦道夫那番鬼话，是因为她很清楚他们两个根本什么事都没有。她拿米娜·伦道夫作幌子，用来掩藏真相。

而且部分是因为——琼，现在诚实点吧——部分也因为米娜·伦道夫要比莱斯莉·舍斯顿容易让她接受。

承认罗德尼被米娜·伦道夫吸引不会伤她的自尊，因为米娜漂亮，是那种本就可吸引欠缺柳下惠精神者的狐狸精。

然而莱斯莉·舍斯顿——莱斯莉甚至不貌美，也不年轻，更不懂得打扮。莱斯莉脸上的倦容以及可笑的半边脸笑容，要承认罗德尼竟然会爱上她，爱到不敢靠近，起码要保持四英尺距离，以免控制不住自己的激情——这点是她极不愿意承认的。

那种渴念的爱火、那种无法满足的情欲——这种热情的力量是她自己从来都不懂得的……

那天他们两人在阿谢当时，就有着这种爱火，而且她也感觉到了。就是因为感觉到了，所以她才那么难堪地急忙跑开，不给自己时间去面对她其实已经知道的事……

罗德尼和莱斯莉沉默不语地坐着，甚至不看对方，是因为他们不敢这样做。

莱斯莉爱罗德尼如此之深，以致希望死后安息在他所住的镇上……

罗德尼低头望着大理石墓碑说："想到莱斯莉·舍斯顿躺在像这样的一块冰冷大理石下面，似乎是蠢得要命的事。"然后那朵杜鹃花蕾掉了下来，像溅开的猩红色。

"心头血，"他曾说，"心头血。"

接着，他还这样说："我累了，琼，我很累。"说完之后，还很奇怪地加了一句："我们没法都很勇敢……"

说这话时，他是在想着莱斯莉，想着她以及她的勇气。

"勇气并非一切……"

"难道不是吗？"

还有罗德尼的精神崩溃，莱斯莉的死是主因。

在康沃尔郡安详地躺着，听着海鸥的叫声，对人生了无兴趣，静静微笑着……

托尼稚气未脱的声音说着："难道你对父亲一点都不了解吗？"

她是不了解，她一点都不了解！因为，她差不多是横了心不想要去了解。莱斯莉望着窗外，解释她为什么要帮舍斯顿生个孩子。

罗德尼说"莱斯莉做事从来不做一半的……"时，也是望着窗外。

他们两个站在窗前向外望时，看到了什么？莱斯莉是否见到了她园中的苹果树和银莲花？罗德尼是否见到了网球场和金鱼池？还是两人都见到了愉悦的灰白乡间以及远山朦胧的树林？那是从阿谢当山顶上见到的景色。

可怜的罗德尼，可怜、累坏了的罗德尼……

罗德尼面带和蔼、揶揄的微笑，罗德尼说“可怜的小琼……”时总是那么和蔼，总是充满感情，从来不让她失望。

嗯，她一直是他的好太太，难道不是吗？

她总是把他的利益摆在第一……

等一下——她有吗？

罗德尼的双眼在向她求情……忧伤的眼神，一直很忧伤的眼神。

罗德尼说：“我哪想得到会这么讨厌这个办公室呢？”他神色凝重地看着她问：“你怎么知道我将来会快乐呢？”

罗德尼向她恳求他想要过的生活，去当农夫的生活。

罗德尼站在办公室窗前，望着市集上的那头牛。

罗德尼对着莱斯莉大谈养殖乳牛。

罗德尼对埃夫丽尔说：“一个男人要是没在做他想做的事，那他只是半个男人。”

这正是她，琼，害了罗德尼的地方……

她焦虑得拼命要为自己刚晓得的判断加以辩护。

她是为了做最好的打算才这样的！人总得要实际一点！要替儿女们着想，她并不是出于自私才这样做的。

但是这喧嚣的抗议却平息了。

她不曾自私过吗？

难道不是因为她自己不想去农场生活吗？她想要让儿女

有最好的——但什么才是最好的？罗德尼难道不是也有跟她同样的权利来决定儿女该有什么吗？

真正有优先权的难道不是他吗？不是应该由做父亲的来选择儿女该过怎样的生活，做母亲的负责照顾他们的幸福、忠诚地实践做父亲的生活理念？

罗德尼曾经说，农场生活对孩子很好……

托尼肯定会过得很开心的。

罗德尼看顾着托尼，不让他错过他想要过的生活。

“我不太擅长于……”罗德尼曾这样说过，“强迫别人做什么事。”

可是她，琼，不就毫无顾忌地强迫罗德尼……

琼突然一阵心痛，想着：可是我爱罗德尼啊！我爱罗德尼，并不是因为我不爱他才……

她突然恍然大悟，正因为这样，才更不可原谅。

她爱罗德尼，然而却对他做出这种事。

要是她恨他的话，这样做还情有可原。

要是她根本就不把他放在眼里的话，这件事也不会那么要紧了。

她爱他，然而，爱他的同时，她又剥夺了他与生俱来的权利——选择自己生活方式的权利。

因此之故，由于她不择手段地运用她身为女人的武器——摇篮里的孩子，以及还在肚子里的孩子——剥夺了他某些东西，使他至今未能复原。她剥夺掉的是他一部分的男子气概。

也由于他的温文，所以他没有对抗她、征服她，因此余生成为少了很多男子气概的人……

她心想着，罗德尼……罗德尼……

她想着，而且我没办法把这些男子气概还给他……无法补偿他……我无法做任何事情……

但是我爱他，真的爱他……

我也爱埃夫丽尔和托尼、芭芭拉……

我一直都爱他们……

（但爱得不够，这就是答案——不够……）

她心想，罗德尼，罗德尼，难道我什么都做不了？什么都说不了吗？

春天里，我曾不在你身边……

是的，她心想，有很长时间不在……自从那个春天之后……我们邂逅的那个春天……

我一直停留在原处——布兰奇说得对——我仍是那个离了圣安妮女校的女学生。轻松过活，懒于思考，沾沾自喜，害怕任何可能会痛苦的事……

没有勇气……

我能怎么办？她心想，能怎么办呢？

然后她想，我可以回到他身边，可以说：“对不起，原谅我……”

对，我可以说这话……我可以说：“原谅我，我并不知道，我根本就不知道……”

琼站起身来，两腿发软而且失神。

她缓慢吃力地走着，就像个老妇般。

走着，走着，一脚，然后另一脚……

罗德尼，她在心里想着，罗德尼……

她觉得身体很不舒服，虚弱得很……

这是条漫漫长路，很漫长的路。

印度人从招待所里跑出来迎接她，笑容可掬，挥着手，比手画脚地说：“好消息，夫人，好消息！”

她瞠目以对。

“您见到了吗？火车来了！火车停在车站，您今晚就可以搭火车走了。”

火车？带她回到罗德尼身边的火车。

（“原谅我，罗德尼……原谅我……”）

她听到自己在大笑——狂笑，很不自然的笑法。印度人目瞪口呆，于是她竭力镇定下来。

“火车来了，”她说，“来得正是时候……”

第十一章

就像场梦一样，琼心想，对，就像场梦。

走过成卷的铁蒺藜，阿拉伯少年提着她的行李箱，一面扯着嗓门在跟一名模样怪异的高胖男人用土耳其语聊天，这人是土耳其火车站的站长。

熟悉的火车卧铺车厢就在那里等着她，身穿巧克力色制服的卧铺厢房车掌正从车窗里探出上半身来。

这节车厢的车身一侧标明了“阿勒颇—斯坦堡”。

铁路将蛮荒沙漠之中的招待所与文明世界联结了起来。

车掌用法语礼貌地寒暄招呼，为她打开卧铺厢房，床已经铺好了床单，放好了枕头。

回到了文明世界……

外表上，琼再度成了那位安静、能干的旅客，就像一星期左右前离开巴格达的那位斯丘达莫尔太太。只有琼自己晓得表面之下那惊奇得几乎令人害怕的转变。

就像她所说的，火车来得正是时候；就在那股恐惧和寂寞之潮冲毁她精心竖立的最后那道心防之际。

她见到了——就像某些人曾见到的——一场异象，关于她自己的异象。虽然她看来只像是一个平凡的英国旅客，一心只管旅行的琐事，但在沙漠的寂静和阳光中，她产生了自责，这时心灵和脑子都因为这自责而感到谦卑。

对于印度人提出的意见和问题，她几乎是机械式的回答着。

“夫人为什么不回来吃午饭呢？午饭都准备好了，很好的饭菜。现在都快下午五点了，吃午饭太晚了。要茶点吗？”

好，她说，她吃茶点。

“可是夫人究竟去哪里了？我往外看，到处都看不到夫人，不知道夫人去了哪个方向。”

她走得太远了，她说，比平时走得更远。

“这不安全，非常不安全，夫人会迷路的，不知道往哪里走才好，说不定会走错路。”

没错，她说，有一阵子她迷路了，不过幸好后来走对了方向。她现在想喝茶，然后去休息。火车几点发车？

“火车八点半开。有时候要等接驳车的客人来，但今天没有接驳车。沙漠河床的情况很糟，现在有很多水——哗啦冲过，嗖的一下！”

琼点点头。

“夫人看起来很累。说不定夫人发烧了？”

没有，琼说，她没发烧，现在没有。

“夫人看起来不太一样了。”

嗯，她心想，夫人是不一样了，可能这种不同显现在她脸上。她回到房间里，盯着沾了苍蝇屎的镜子看。

真的有不同吗？她看着，无疑是老了一些，有黑眼圈，脸上有一道道黄沙与汗水。

她洗了脸，梳了头，扑了点粉，抹了点口红，然后再照照镜子。

对，无疑是有点不一样了，她脸上有种什么不见了，那张脸迫切地回看着她。少了的是什么？会不会是沾沾自喜的神情？

她以前是个多么差劲的沾沾自喜之人啊！她仍然有那种刚才在外面产生的强烈反感——讨厌自己——所产生的谦逊精神。

罗德尼，她想着，罗德尼——

她就只是在脑海里轻轻重复呼唤着他的名字……

她抓着这名字当作决心的象征。要告诉他一切，毫无保留。这点，她觉得，才是最重要的。虽然为时有点晚，但他们还是有可能一起开创新生活的。她会跟他说：“我是个愚蠢失败的人，用你的智慧、你的温文教导我如何生活吧！”

还有，宽恕。因为罗德尼是很宽大的。罗德尼最了不起之处，她现在也明白了，就是他从来没恨过她。难怪他那么受人爱戴，儿女都崇拜他（甚至连埃夫丽尔在内，她心想，在那对抗的表面之下，其实一直都爱着她父亲的），用人做任何事都愿意去讨他喜欢，而他也到处都有朋友。罗德尼，她心想，一辈子都不曾对谁不好过……

她叹息了。她很累，全身作痛。

喝了茶之后，她躺在床上，一直躺到吃晚饭时，然后准备去搭火车。

现在她不再觉得坐立难安了，没有恐惧，不再渴望找点寄托或消遣，也没有蜥蜴从洞里钻出来让她害怕了。

她已经遇见了自己，认清了自己……

现在她只想休息，躺下来放空自己的脑子，心情平静地躺着，脑海深处则隐约浮现着罗德尼那张仁慈黝黑的面容……

这时她人已经在火车上，听着车掌滔滔不绝地说完了这条铁路线上的种种交通意外，也把护照和车票交给了他，并取得他的保证，说会发电报到斯坦堡去帮她重订东方快车的卧铺位。她也委托他从阿勒颇拍电报去给罗德尼：旅程延误一切安好琼。

罗德尼会在她原定的抵达时间之前接到电报。

所以一切全都安排好了，她再也没什么事可做可想的了，可以像个累坏了的小孩子一样放松一下。

未来有五天平静的日子，土耳其快车和东方快车向西方飞驰，带着她一天天接近罗德尼以及宽恕。

第二天一大早，火车抵达了阿勒颇。直到那时之前，因为通往伊拉克的交通中断了，所以琼是车上唯一的旅客。但这时却挤满了上车的旅客。卧铺订位有延误、取消和大混乱等情况。吵吵闹闹的讲话声、抗议、争执、吵架……各种不同语言一起出笼。

琼坐的是头等车厢，但这列土耳其快车的头等卧铺却是老式的双人房。

厢房门拉开了，走进来一名黑衣妇人，跟在她身后的车掌则从车窗探身下去，接住行李夫递上来的行李箱。

厢房里似乎摆满了箱笼——上面盖有皇冠图案的名贵箱笼。

这名高个子妇人用法语跟车掌交谈，指示他把东西放在什么地方。最后车掌走了。妇人转过身来对琼露出笑容，一个见过世面、老于世故的笑容。

“您是英国人？”她说。

她说话几乎不带外国口音，有着一张苍白秀气的长形脸，表情极为丰富，一双颇奇特的浅灰色眼睛。琼猜她大概四十五岁左右。

“大清早就闯进来，很抱歉。这实在是很恶劣又不文明的发车时刻，以致我打扰了您的休息。还有，这些车厢也很过时，新的厢房都是单人房的。不过，话说回来……”她露出笑容，几乎是孩子气般的甜笑，“我们应该不会惹得对方太心烦，因为只不过两天时间就到斯坦堡了，而我也不是太难相处的人。要是觉得我烟抽太多的话，就告诉我一声。现在我就让您好好睡一下吧，我去餐车，他们这会儿在挂餐车车厢了。”说时，车身突然碰撞一下，验证了她的话。“我去那里等着吃早餐。再次向您道歉，让您受到打扰了。”

“哦，没什么关系，”琼说，“旅行的时候，这些状况都是意料中的。”

“看得出您很能体谅人，很好，我们会处得很好的。”

她走出去时，拉上了门，琼听到月台上传来这妇人朋友招呼她的声音，叫着：“莎夏——莎夏。”然后爆出滔滔不绝的谈话声，说的语言是琼分辨不出的。

琼这时已经完全清醒了。睡了一晚之后，觉得自己恢复过来了。她在火车上向来都睡得很好。她起床穿好衣服，快梳洗完毕时，火车从阿勒颇出发了。她准备好后，就走到外面走廊上，但在这之前，她先很快看了一下新旅伴箱笼上的标签。

欧恩巴赫·扎尔姆公主。

在餐车里，她见到这位新朋友正在吃早饭，一面很起劲地在跟一名矮胖的法国人交谈。

这位公主挥手招呼她，示意她坐到身旁座位上。

“您的体力可真好，”她声称，“换作是我，还会躺在床上睡觉。哪，博迪耶先生，继续讲你刚才讲给我听的事，真是有意思极了。”

公主跟博迪耶先生说法文，跟琼说英文，跟服务员说流利的土耳其语，偶尔又隔着走道跟一名面带愁容的军官说同样流利的意大利语。

没多久，那位肥胖的法国人吃完了早饭，很礼貌地鞠躬告退了。

“您真是位精通多国语言的人。”琼说。

那张苍白的长脸露出了笑容，这回是带着忧伤的笑容。

“也是……怎么不呢？你瞧，我是俄国人，嫁了德国人，在意大利住了蛮久的，我会说八九种语言，有的说得好，有的说得不好。跟人交谈是种乐趣，您不认为吗？所有人类都很有意思，然而人在世界上只能活这么短时间！人应该跟人交换想法、经验。这世界上的爱不够，这是我常说的。莎夏，我朋友跟我说，有些人真的没法爱的，像土耳其人、亚美尼亚人、地中海东部的人。但我说我不这么认为，我全都爱。Garçon, l’addition（法语：服务生，账单）。”

琼愣了一下，因为最后那句几乎和前面的句子是连在一起的。

餐车服务员赶紧毕恭毕敬地过来，这时琼才惊觉：原来她这位旅伴算得上是位相当重要的人物。

整个早上和下午，火车蜿蜒经过平原区，这时缓缓爬升到土耳其南部山区。

莎夏坐在自己的角落里，阅读、抽烟，偶尔出人意料地说些话，有些话还颇令人尴尬的。

琼发现自己被这名奇怪的妇人迷住了，这人来自很不一样的世界，她的心路历程跟自己之前见识过的完全不一样。

这种既抽离又亲密的混合，对琼有种奇特的魅力。

莎夏突然对她说："你不阅读……不看书吗？你手上也没有东西在做，你不编织，这点很不像大多数的英国妇女。可是你看起来却很英国人——对，你看起来完全就是英国人。"

琼露出笑容。

"其实我是没有东西可以阅读了。由于交通接驳中断，我困在阿布哈米德，手边的书全都看完了。"

"可是你觉得无所谓？不觉得有必要在阿勒颇找点什么。不，你很满足于光是坐着看窗外的山，但你又对它们视而不见——你是在看着某样只有你才看得到的东西，对不对？你脑子里正经历着某种很了不得的感情，要不就是刚经历过了。你有件伤心事？还是很值得高兴的事？"

琼犹疑了一下，眉头微微一皱。

莎夏哈哈大笑起来。

"啊，这可真是英国人作风。要是我问些我们俄国人觉得很自然的问题，你们会认为很失礼。妙得很。要是我问你到过哪里？住在什么旅馆？看过哪些风景？有没有孩子？他们在做什么？你是否常旅行？在伦敦有没有认识哪个手艺好的发型师？——你会欣然答复所有这些问题，但要是我问你一些我脑子里想到的问题——你是否有件伤心事？你丈夫是否忠实？你是否常跟男人们睡觉？你人生中最美好的经验是什么？你是否意识到神的爱？所有这些问题就会让你退避三舍，觉得受到冒犯。然而这些问题比前者有意思得多了，nicht wahr（德语：不是吗？）”

“我想大概是，”琼缓缓地说，“因为我们是很保守的民族。”

“对，没错。甚至不能对一个才结婚的英国妇女说：你怀孕了吗？意思是说，不能在吃午饭时隔着饭桌这样问对方。不行！而是得要把她拉到一旁，悄悄地问。可是要是宝宝已经躺在摇篮里时，就可以说：‘你的宝宝好吗？’”

“嗯，这有点太过探人隐私了，不是吗？”

“不，我不这样认为。有一天，我遇见了一个多年没见的朋友，是个匈牙利人，叫作米慈，我问她，你结婚了——对，已经很多年了。你还没有孩子，为什么？她回答我说她也想不通！五年来，她说，她和丈夫拼命努力——真的喔！他们不知有多努力！她反问，她还能怎么办呢？由于我们是在午餐会上，大家都提出建议。没错，有些建议还挺实际的。谁知道呢，说不定就会有结果了。”

琼看来不为所动。

然而她心底却突然涌起了一股强烈冲动，想要对这个友善独特的外国人打开心扉。她迫切地想要跟人分享之前经历过的感受。她需要向自己确认这经历的真实性……

她缓缓地说："这是真的——我经历了一次颇难受的经验。"

"啊，是吗？是什么？跟男人有关吗？"

"不，不，当然不是。"

"我很高兴。因为通常都是为了男人——而到最后就变得有点无聊了。"

"我完全是一个人，待在阿布哈米德招待所里，很糟糕的地方，到处是苍蝇和空罐头，一片片的铁蒺藜，招待所里面又暗又阴沉。"

"这是为了降低夏天的炎热，所以必须这样。但我懂你的意思。"

"我没有人可以聊聊，手边的书也很快都看完了。结果就……结果就进入了一种很奇怪的状态里。"

"对，对，可能就会这样的。你告诉我的这个很有意思，请接着说。"

"我开始发现一些事情，关于我自己的事，我以前从来都不晓得的事，或者说是我已经知道，但是却从来都不愿意承认的事。我没法跟你解释得很清楚……"

"噢，可是你解释得来的。这相当容易，我会理解的。"

莎夏表现出的兴趣那么自然，那么不预设立场，琼发现自己竟然抛开自我意识讲了起来。由于莎夏认为谈个人感受以及亲密关系是很自然的事，于是琼也这样认为了。

她讲的时候没那么犹豫了，她描述着自己的不安、恐惧感，以及最后惊慌起来的情形。

“我敢说在你看来可能很荒谬，但我却感到自己完全迷失了，孤独一人，感到上帝已经遗弃了我。”

“对，人会有这种感觉，我就曾有过，很黑暗、很可怕……”

“但那不是黑暗而是亮光，耀眼欲盲的亮光，没遮没掩的，没有阴影。”

“其实我们讲的是同样的事。对你，可怕的是亮光，因为你已经躲在表面下的阴影中太久了。在我，则是黑暗，看不到我的路，迷失在黑暗中，但那种痛苦是同样的，那是种认知，体认到自己的一无所有，而且和上帝的爱断绝了。”

琼缓缓地说：“然后，事情发生了，就像个奇迹，我看到了一切，我自己——还有以前的我。我所有的愚蠢藉口和可耻都消失了，就像是……就像是重生……”

她急切地望着对方，莎夏低下了头。

“我知道得要做什么。我得回家重新来过，建立新的生活……从头开始……”

一阵沉默。莎夏若有所思地望着琼，她的表情颇让琼困惑，于是她有点脸红地说：“哦，我知道这听起来好像很戏剧性又牵强……”

莎夏打断了她的话。

“不，不，你不明白我的意思。你所经历的是真实的。

很多人都经历过，圣保罗也一样，还有其他那些属神的圣人，以及凡人和罪人。这是种转变，是种异象，是灵魂知道了自己的苦楚。没错，这一切都是真实的，真实得就像你吃饭或刷牙等等这些事情一样。但我不知道……我还是怀疑……”

“我感到自己很刻薄，伤害了自己所爱的人……”

“是的，是的，你已经懊悔了。”

“我迫不及待要回去——我的意思是，回家。我有太多的话想要告诉他。”

“告诉谁？告诉你先生？”

“对，他一直都是那么好的人，一直都很有耐心。可是他并不快乐，是我害他不快乐的。”

“然而你认为现在比较能让他快乐了？”

“起码我可以向他解释，让他知道我有多抱歉。他可以协助我去……哦，该怎么说呢？”她脑际闪过的词汇是圣餐仪式，“从此开创新生活。”

莎夏郑重地说：“这是属神圣人才做得到的事。”

琼瞪大了眼。“可是我……我不是圣人。”

“你的确不是。这就是我的意思。”莎夏停顿了一下，接着稍微换个语调。“请原谅我这样说。也许这一切并不是真的。”

琼看起来有点被搞糊涂了。

莎夏又燃起一支烟，凝视着车窗外猛抽起来。

“我不知道，”琼没把握地说，“我为什么要告诉你这些……”

“当然是因为你想要跟人讲，你想要说出来。脑子里想着它，想要谈它，这很自然。”

“通常我很保守的。”

莎夏看起来很感兴趣。

“而且还像所有英国人一样，对这点很自豪。哦，你们真是很奇妙的民族，但又很让人难以理解。你们会对自己的美德感到很丢脸，不好意思，却又毫不犹豫地承认自己的不足之处，还加以吹嘘。”

“我认为你有点夸大其词了。”琼有点僵硬地说。

她突然感到自己很英国作风，跟对面这个坐在车厢角落、脸色苍白的异国妇女距离很遥远，一两分钟前，她还对这女人掏心挖肺地说出很个人的经历。

琼以一贯的客套语气说：“你一路都坐东方快车吗？”

“不，我在斯坦堡逗留一晚，然后去维也纳。”她毫不在乎地加了一句：“我很可能会死在那里，但说不定不会。”

“你是说……”琼犹豫着，因为不清楚她的意思，“你有预感吗？”

“啊！不是。”莎夏大笑起来，“不是这么回事！我去那里是要做个手术，大手术，通常成功率不太高。不过维也纳有很好的外科医生，我要去看的这个医生医术很高明，是犹太人。我老说打算灭绝掉欧洲所有犹太人是件很蠢的事，他们有很多都是很高明的医生，没错，他们的医术都很高明。”

“喔，老天，”琼说，“我很遗憾。”

“因为我要死了吗？可是这有什么要紧的呢？人迟早都会死的，何况我也许不会死。我已经打定主意，要是能活下去的话，就会进一所我熟悉的女修道院——规矩很严的修会，进去的人是不能说话的，只能一直冥想和祈祷而已。”

琼很难想象莎夏一直保持静默和冥想的样子。

莎夏很郑重地接下去说：“很快就会需要大量祷告了——等到战争爆发时。”

“战争？”琼瞠目以对。

莎夏点点头。

“那还用说，战争当然会爆发。明年，或者后年。”

“说真的，”琼说，“我想你搞错了。”

“不，不会的，我有些朋友消息很灵通，他们告诉我的。大局已定了。”

“可是，在哪里打？跟谁打呢？”

“到处都会打，每个国家都会被牵连进来。我的朋友认为德国会很快战胜，但我——我不这么认为，除非他们能真的很快很快就打赢。你瞧，我认识很多英国人和美国人，我知道他们是怎么样的。”

“真是的，”琼说，“没有人真的想打仗的。”

她的语气充满怀疑。

“要不然为什么会有希特勒的青年团运动？”

琼很热切地说："可是，我有些朋友去过德国很多次，他们认为纳粹运动有很多值得称道的地方。"

"呜啦啦！"莎夏叫起来说，"再过个三年，看他们还会不会这样说吧。"

随着火车慢慢停下来，她倾身向前。"瞧，我们已经来到西里西亚门[①]了。真美，可不是？我们出去走走吧。"

她们下了火车，站在那里，透过山脉广阔的山口，俯瞰着下方朦胧的蓝色平原。

这时已近黄昏，空气特别凉爽又寂静。

琼心想：多美啊！

但愿罗德尼此刻能跟她一起欣赏这景色。

---

① 西里西亚门（Cilician Gates），土耳其南部山区通往平原的山口。

第十二章

维多利亚车站。

琼突然感到心跳加速。

回家真好。

有那么一刹那，她觉得自己从未离开过。英格兰，她自己的国家，可亲的英国行李夫……还有不太可亲、但却很英国的多雾天气！

既不浪漫也不美丽，还是那一如以往、亲爱的老维多利亚车站，看上去完全跟以前一样，嗅起来也一样！

哦，琼心想，我真高兴自己回来了。

那么漫长、疲惫的旅程，经过土耳其和保加利亚、南斯拉夫、意大利和法国，海关官员、检查护照、各种不同的制服、各种不同的语言。她厌倦了——对，真的厌倦了——外国人，连那个跟她一起从阿勒颇旅行到斯坦堡、身份不凡的俄国女人，到最后也颇烦人。开始时她是感兴趣的——的确是相当令人兴奋的——就只因为这人很不同。但是等到她们旅行到土耳其马莫拉海[①]的海德帕夏港口时，琼已经很盼望着两人分道扬镳了。一来是因为她，琼，竟然口没遮拦地对一个全然陌生的人讲自己的私事，想起来就觉得难为情。二来，嗯，这有点不好说，但这女人有些地方让琼觉得自己很土气。这可不是愉快的感受。光是对自己说，希望自己就跟任何人一样很行，已经不管用了！她并不真的这样认为。她很不自在地意识到，尽管莎夏再友善，终究是个贵族，而她则是个中产阶层、一名乡下律师无足轻重的妻子。这样想当然是很愚蠢的……

不过总而言之，这一切现在都结束了，她又回到老家，回到祖国的土地上。

没有人来接她，因为她后来没有再发电报通知罗德尼她什么时候会到。

她有种强烈的欲望，想要在家里见到罗德尼，想要直接开始她的忏悔，不要有停顿或拖延。这样会比较容易，她如此想着。

---

① 马莫拉海（Sea of Marmora），位于亚洲小亚细亚半岛与巴尔干半岛之间的内海。

在维多利亚车站月台上，是不可能向惊讶万分的丈夫请求宽恕的。

当然不能在月台上，那里人来人往的，月台尽头还有海关检查站。

不，她会在格罗夫纳饭店安安静静住一晚，第二天才南下回到克雷敏斯特去。

她寻思着，是否该先跟埃夫丽尔见面呢？她可以从饭店打电话给埃夫丽尔。

对，她决定，说不定就这样做。

她只带了随身行李。由于在多佛港入境时，海关已经检查过，因此可以请行李夫直接把它们送到饭店去。

她洗了澡，穿好衣服，然后打电话给埃夫丽尔，幸好埃夫丽尔在家。

"母亲？我没想到你回来了。"

"今天下午到的。"

"父亲上伦敦来了吗？"

"没有。我没告诉他我今天到。他说不定会跑来接我，万一他忙的话，这就不太好了，会让他很累。"

她觉得埃夫丽尔说话时流露出一丝惊讶语气："是……我想你是对的，最近他很忙。"

"你常见到他吗？"

"不常。大概三星期前他上伦敦来一整天，那次我们一起吃了午饭。今天晚上怎么样，母亲？你想不想到哪里去吃晚饭呢？”

“我宁愿你来我这里，亲爱的，如果你不介意的话。我旅途有点疲累。”

“我想你也一定累了。好吧，我过来。”

“爱德华不跟你一起来吗？”

“他今天晚上有个应酬饭局。”

琼挂上听筒，心跳比平时加快了一点。她心想，埃夫丽尔……我的埃夫丽尔……

埃夫丽尔的声音多沉着又清脆啊……镇定、疏离、冷淡。

半小时后饭店打电话上来，通知说哈里森—威莫尔特太太来了，于是琼就下楼去。

母女以英国人的保守方式打了招呼。琼心想，埃夫丽尔看来身体很好，不那么瘦。琼跟女儿走进餐厅时，自豪得有点激动，埃夫丽尔真的很美，相貌清秀又出众。

她们在餐桌旁坐下，琼的视线和女儿的相遇时，心头一震。

那双眼睛是那么冷静又无动于衷……

埃夫丽尔，就像维多利亚车站一样，一点都没变。

是我变了，琼心想，但是埃夫丽尔不知道这点。

埃夫丽尔问起芭芭拉以及巴格达的情况。琼讲述了回程遇到的诸般不顺。不知怎的，两人的谈话颇困难，似乎不太顺畅。埃夫丽尔问起芭芭拉的情况时，也是不痛不痒的，简直就像是她接到暗示说，问太多可能不得体。但是埃夫丽尔不可能知道任何真相的，这只是她一贯细腻、不好奇的态度而已。

真相，琼突然想到，*我怎么知道这就是实情？*说不定，只是有可能而已，一切都是她自己单方面的想象，毕竟，并没有很具体的证据……

她排斥了这个念头，然而光是闪过这想法就已经让她吃了一惊。万一她也是那种凭空想象的人呢？

埃夫丽尔正以冷静的口吻说："爱德华是这么想的，他认为将来有一天会和德国打仗。"

琼回过神来。

"火车上那个女人也是这样说的，她好像还相当肯定。她算是个要人，好像真的知道自己在说什么。但我不相信。希特勒才不敢开战呢！"

埃夫丽尔若有所思地说："哦，难说了……"

"没有人*想要*打仗的，亲爱的。"

"嗯，人有时会碰上他们不想要的。"

琼一口咬定说："我认为谈论这些是很危险的，会把这些想法灌输到别人脑子里。"

埃夫丽尔微微一笑。

她们继续东拉西扯地谈着。饭后，琼打起呵欠，于是埃夫丽尔就说她不多逗留了，母亲一定累了。

琼说，对，她蛮累的。

第二天早上，琼去买了一下东西，然后搭下午两点半的火车回克雷敏斯特，四点左右应该就可以到站。罗德尼在下午茶时间从办公室回家时，她应该可以在家等着他……

她满怀感恩地望着火车窗外。这时节，一路上没什么风景好看的——光秃秃的树，下着濛濛细雨。但多么自然，多么有家乡的感觉啊！巴格达有挤满人的市集，清真寺有鲜艳的蓝色和金色圆顶，这些都已经离得很遥远、很不真实，说不定从来不曾发生过。那段漫长、奇妙的旅程——安纳托利亚的平原、土耳其南部山区的积雪、山上的风景，以及又高又光秃的平原；穿过山区峡谷的漫长山路，到博斯普鲁斯海峡的途中，耸立着清真寺宣礼塔的斯坦堡，还有巴尔干半岛上的可笑牛车；当火车离开的里雅斯特时，蓝色的亚得里亚海闪耀着；瑞士以及在天色渐暗中的阿尔卑斯山——各种不同的景点和场景，全都在此告终，在冬天行经平静乡间的回家旅途上告终……

我可能根本从未离开过，琼心想，可能根本没远离过……

她的心很乱，没法理出头绪来。昨晚跟埃夫丽尔见面，让她很难受。埃夫丽尔那双沉着的眼睛看着她，镇静、无动于衷。埃夫丽尔，她心想，没看出在她身上有什么不同。嗯，话说回来，埃夫丽尔为什么应该看出她有不同呢?

并不是她的外表有所改变。

她很温柔地对自己说："罗德尼……"

那股光辉回来了，那种歉然，对爱与宽恕的渴望……

她心想，这是真的……我正在开始一种新生活……

她在火车站前搭上了计程车。来开门的爱格妮丝流露出奉承的惊喜表情。

老爷，爱格妮丝说，会很高兴的。

琼上楼回到自己卧房里，摘掉帽子，又下楼来。房间看起来有点光秃的感觉，但那不过是因为没有摆花而已。

明天我得剪些月桂，她心想，并到街角的店里买些康乃馨。

她紧张兴奋地在房间里走来走去。

要不要告诉罗德尼她猜到了芭芭拉的事？万一，毕竟……

这当然不是真的！整件事都是她想象出来的，所以会想象出这事，是因为那个笨女人布兰奇·哈格德——不，该称为布兰奇·多诺万——说的话。说真的，布兰奇看起来太糟糕了，又老又粗俗。

琼把手放到头上，觉得脑子里像有个万花筒似的。小时候她有个万花筒，她很喜欢它，会屏息看着所有的彩色碎片转动着，直到固定下来成为一种图案……

她是怎么回事？

那个很恶劣的招待所环境，还有她在沙漠里经历的怪诞经验——她自己想象出各种不愉快的事情，以为儿女不喜欢她，以为罗德尼爱上了莱斯莉（他当然没有！这是什么念头啊！凄惨的莱斯莉），她甚至还后悔过当初说服罗德尼不要异想天开去做农夫。说真的，她一直脑筋很清楚又有远见……

哦，老天哪，她怎么会这么不理智呢？所有这一切她曾经在脑中想到又相信的事——那么不愉快的事情……

它们的确是真的吗？抑或不是？*她不想要这些事是真的。*

她得要决定……非得决定不可……

她得要决定*什么*？

那阳光，琼心想，阳光很热。那阳光会让你产生幻觉……

在沙漠里奔跑……双手双膝跌到地面上……祈祷……

那是真实的吗？

抑或这才是真实的？

真是疯了！她那时所认定的事情绝对是疯了。回到英国多舒适愉快啊！感觉就像从来没离开过似的，一切就像以前一直以为的那样，还是一样的……

那还用说？一切当然都还是一样的。

万花筒在转动……转动……

没多久就停下来，变成另一种图案。

罗德尼，原谅我，我以前不知道……

罗德尼，我在这里，我回来了！

哪一种模式？*哪一种*？她得要选择。

她听到前门打开的声音，她非常熟悉的声响，如此熟悉……

罗德尼回来了。

哪一种图案？哪一种模式？赶快！

门打开了，罗德尼走进来，他惊讶得停住脚。

琼赶快走上前去，她没有马上看着他的脸。给他一点时间，她心想，给他片刻……

然后她快活地说：“我回来了，罗德尼……我回家来了……”

尾声

罗德尼·斯丘达莫尔坐在矮背小椅子上，他太太正在斟茶，茶匙叮咚碰撞着，一面兴致勃勃聊着回到家来有多好，看到一切如昔有多令人高兴，罗德尼不会相信回到英国、回到克雷敏斯特、回到她自己家里有多美妙！

窗玻璃上有只绿头大苍蝇，被十一月上旬不寻常的温暖天气给骗了，在玻璃上大肆嗡嗡地飞上飞下。

嗡嗡嗡嗡，绿头苍蝇继续发出声音。

吱吱喳喳，琼·斯丘达莫尔的声音持续着。

罗德尼坐着点头微笑。

好吵，他心想，好吵……

对某些人而言是有意义的，对其他人则无意义。

他认定自己弄错了，琼刚回来时，他还以为哪里不对劲了。琼并没有什么不对劲，她还是老样子，一切都是老样子。

没多久之后，琼上楼去把行李打开，罗德尼则经过大厅回到书房里，他从办公室带了些公事回来处理。

但是他先把书桌右边最上面那个锁住的小抽屉打开来，取出了芭芭拉的来信。这是航空信，是几天前琼离开巴格达之后寄出的。

这是一封倾诉心事的长信，他几乎已熟记在心了。不过，他还是又重读了一遍，并停在最后那页上。

> ……所以现在我已经什么都告诉你了，亲爱的老爸。我敢说你其实已经猜到了大部分。你不用担心我，我很明白自己成了个做坏事的邪恶小傻瓜。记住，母亲什么都不知道。要完全瞒着她并不容易，不过幸好麦昆医生演技一流。威廉表现得好极了，我真的不知道没有他的话，该怎么办——他一直都在，一看情况不对，就即时挡开母亲。当她打电报说要赶过来时，我真的相当绝望。我知道你一定尽了力阻止她来，亲爱的，而她则是拦不住的。我想在某种程度上，她也是一番好意吧；只不过她非得要帮我们重新安排生活，这点简直令人受不了，我又虚弱得不太能跟她争！我现在才开始觉得莫朴西又属于我了！她很可爱，但愿你能见到她。当我们

还是小宝宝时，你喜欢我们吗？还是等到后来才喜欢的？亲爱的老爸，我很高兴有你这样的父亲，不要担心我，我现在没事了。

你亲爱的小芭

罗德尼拿着那封信，犹豫了一下。他是很想留着这信，这封信对他深具意义——女儿写出了对他的信心和信赖。

但是做他那行久了，保留信件所带来的危险他见多了。万一他突然离世，琼就会清理他所有文件，到时就会看到这封信，引起她不必要的痛苦。不要让她伤心难过，就让她幸福又安全地继续留在她为自己打造的光明、信心满满的世界里好了。

他走到书房另一头，把芭芭拉的信丢进火里。是的，他心想，现在她没事了。他们大家都很好了。他以前最替芭芭拉担心，因为她的个性不太稳定，很情绪化。嗯，是有过危机，但她已经逃过了这一劫，虽非毫发无损，但总算活过来了，而且已经明白莫朴西和威廉才是她真正的世界。威廉是个好人，罗德尼希望没太苦了他。

是的，芭芭拉没事了。托尼在罗得西亚的橙园也过得很好——除了远在千里之外，但这却很好——而他那位年轻太太听起来也是合适对象。没有什么能伤到托尼，也许永远也不会，他是那种很乐观开朗的人。

埃夫丽尔也没事了。每当他想起埃夫丽尔时，总是引以为豪，而不是充满怜悯。埃夫丽尔有着不露声色的法律脑袋，情感含蓄，牙尖嘴利又冷静，如此沉稳、如此坚强，一点也不像他们为她取的名字那么女性化。

他曾经和埃夫丽尔斗过法，跟她对决，并用她那轻蔑的心唯一认得的武器征服了她。他自己对这些武器则很反感——冷冰冰、讲逻辑的理论和无情的说理。结果她接受了这些。

但是，她是否原谅了他呢？他想是没有，但没有关系了。要是他毁了埃夫丽尔对他的爱，却保住并加深了她对他的敬意——最后，他心想，以她那样的脑子以及完美无瑕的正直，还是敬意比较重要。

在她出嫁前夕，他曾跟这个如今隔着鸿沟的爱女说：“我希望你幸福。”

而她则沉静地回答说：“我会尽量努力幸福的。”

那就是埃夫丽尔——不逞强，不活在过去，不自怜，有纪律地接受生活，也有能力不靠他人的协助过活。

他想，他们都已经脱离我的羽翼了，他们三个。

罗德尼推开书桌上的文件，走过去坐在壁炉右边的椅子上。他手上拿着那份马辛罕租约，微微叹口气，从头看了起来。

“地主出租予承租人（及其继承人）整座农庄之建物、土地，地点位于……”他翻页继续逐字看下去。“未经夏季休耕（种植芜菁和油菜因可洁净土地、为土地施肥并可放牧绵羊，因此视同休耕），承租人不得在耕地任何地方种植两种以上的麦类，以及……”

他的手垂了下来，视线游移到对面的空椅子上。

之前他和莱斯莉争辩时，莱斯莉就坐在那把椅子上，他们在争论她孩子的问题以及跟舍斯顿接触的欠妥处。他说，她应该要为孩子着想。

她是有替他们着想，她说，毕竟，他是孩子们的父亲。

坐过牢的父亲，他说，一名前科犯——公众的看法形同放逐他们，使他们与正常的社会生活隔绝，这对孩子们是很不公平的惩罚。她应该，他说，要设想到这一切。他说，不应该让孩子从小就蒙上阴影，应该要让他们有个好的开始。

结果她却说：“说到重点了。他是他们的父亲，并不表示他们属于他，也不表示他属于他们。我当然希望他们有个很不同的父亲，但事情却不是这样的。”

她还说：“要是一开始就逃避现状，那人生要怎么过下去呢？”

嗯，他当然知道她的理念，但这却跟他的想法不合。他总是想给儿女最好的。的确，这也是他和琼所做的，让儿女们上最好的学校，住家里阳光最充足的房间。他和琼则省吃俭用，以便尽量供给孩子。

但是他们却从未面临任何道德问题，没有什么羞耻的事，没有见不得人的阴影，没有失败、绝望和煎熬，不用在必要关头时自问：“该为孩子好而瞒着他们，还是让他们一起分担？”

而且他看得出，莱斯莉的意思是要让孩子们分担。尽管她爱孩子，但必须要让孩子幼小、不曾受过训练的肩膀来帮忙扛些重担时，她是一点也不会退缩的。不是出于自私，不是因为想减轻自己的担子，而是因为她不想排除他们，即使是最年幼的孩子，也要分担最难捱的现实。

嗯，他认为她错了，但他却承认——一如他一向都承认的——她很有勇气。而且这勇气不仅为她自己，更为了她所爱的人而有勇气。

还记得那个秋天，他去办公室时琼说的话：“勇气？哦，是啊，可是勇气并非一切！”

而他则说：“勇气难道不是一切吗？”

莱斯莉坐在他的椅子上，左肘略为撑起，右肘下垂，右嘴角略微歪向一边，头靠在褪色的蓝色软靠垫上，映得她的头发看来有点变成了绿色。

他还记得自己的语气，有点惊讶地说：“你的头发不是棕色的，是绿色的。”

这是他唯一跟她说过的比较私己的话。他从来没怎么想过她的外貌是怎样的。倦容，他知道这点，面带病容——然而却，强壮——对，生理上的强壮。有一次他还很不搭调地想过，她能像个男人般，在肩上扛一大袋马铃薯。

不怎么浪漫的想法，说真的，他也记不得她有什么浪漫之处。右肩比左肩高，但左眉上挑，右眉则下垂；笑起来时，嘴角略歪向一边；倚着褪色蓝靠垫时，棕发看起来像是绿色的。

他心想，这里头没有多少可以增添爱意的。然而爱情是什么呢？看在老天的分上，爱情是什么？见到她坐那里，坐在他的椅子上，绿色的头靠着蓝色的软垫，他心里所感受到的安详和满足。她突然说话的模样，她说：“你知道，我一直在想着哥白尼……”

哥白尼？苍天在上，怎么会扯到哥白尼？那个有理念的僧侣，对世界有不同的看法，这人够精、识时务，懂得向俗世的威权妥协，把自己的信念用可以过得了关的形式写下来。

丈夫在牢里，还要自己谋生、为孩子操心，这样的莱斯莉坐在那儿，怎么会一面用手理着头发，一面说“我一直在想着哥白尼”呢？

然而就因为如此，从此之后，只要提到哥白尼，他的心就会跳一下，而且他也在墙上挂了一幅这位僧侣的古老版画肖像，来跟他说：“莱斯莉”。

他心想，起码我应该告诉她，我爱她。我早该这样说的——以前那次。

但有必要吗？那天在阿谢当，坐在十月的阳光中，他和她在一起——在一起却又保持着距离，那种苦痛和绝望的渴望之情。两人相隔四英尺之远。四英尺，因为再少一点就难保不出事。她也心中有数，她一定早已明白这点了。他很心乱地想着，我们之间相隔的空间，就像一个电场，充满了渴望之电。

他们没有看着对方，他俯瞰着耕地和农场，那里隐约传来耕耘机的声响，还有浅紫色、尚未翻土的农地；而莱斯莉则看着远方的树林。

就像两个盯着应许之地却又不得其门而入的人一样，罗德尼心想，那时候我应该告诉她我爱她的。

但是他们两人什么都没说——只除了有一次莱斯莉喃喃念着："然而你那恒久的夏天将永不消逝。"

就说了这句，引了一句诗，他根本就不知道她这句诗是什么意思。

也可能他是知道的。对，可能他是知道的。

椅子上的靠垫已经褪色了，还有莱斯莉的脸孔，他没法清楚记得她的脸孔了，只有嘴角那奇特的歪法。

然而，过去一个半月里，每天她都坐在那里跟他聊天，当然，这只是幻想而已，他创造了一个假想的莱斯莉，让她坐在那椅子上，把话塞进她嘴里，让她说出他想要她说的话。而她也顺从了，不过嘴角却向上一歪，像是在笑他要她做的事。

他心想，那是很开心的六个星期，他可以跟沃特金斯和米尔斯见面，还跟哈格雷夫·泰勒一起过了那个开心的晚上——就只有几个朋友，人不太多。那在星期天经过小山丘的愉快的步行。用人们给他做很好吃的饭菜，每餐他爱吃多慢就多慢，还用苏打水虹吸管瓶[①]撑着一本书边吃边看。有时吃过晚饭要工作，做完之后抽一斗烟，最后，要是他觉得寂寞的话，就安排假想的莱斯莉坐在椅子上陪他。

假想的莱斯莉，没错，但就在不远处的某个地方，不就有个真的莱斯莉吗？

然而你那恒久的夏天将永不消逝。

他又低头看着租约。

“……将适当并定期以良好畜牧业来全方位经营上述之农场。”

他有点惊讶地心想，我是个挺好的律师。

接着，一点也不怀疑地（而且也不怎么当一回事地）心想：“我很成功。”

经营农场，他认为是很难又让人心碎的行业。

“老天，说来，”他心想，“我是累了。”

① 苏打水虹吸管瓶（soda water syphon，或作 soda syphon），为在酒中兑入苏打水的专用玻璃瓶，瓶口有虹吸管，并有增压装置。

他很久没这么觉得累了。

门开了，琼走了进来。

“哦，罗德尼，你看那些文件而不开灯，这样是不行的。”

她急忙走到他身后开亮了灯。他露出笑容向她道谢。

“你真笨，亲爱的，净坐在那里让你的眼睛坏掉，其实你只要扭一下电灯开关就行了。”

她坐下来，爱怜地说：“真不知道你没有了我怎么办。”

“染上各种坏习惯。”

他的笑容中有着揶揄，笑得很和蔼。

“你还记得，”琼接下去说，“当年你突然想要拒绝哈里叔叔给你的条件，反倒想要去接手农场来做的事吗？”

“记得，我记得。”

“你现在很高兴我没让你这样做吧？”

他看着她，很佩服她的能干，看起来仍然年轻的脖子，光滑漂亮、没有皱纹的脸孔；开朗、自信、充满爱怜。他心想，琼一直是个很好的太太。

他沉静地说：“是的，我很高兴。”

琼说：“有时我们难免会有些不切实际的念头。”

“连你也会吗？”

他说这话是在调侃她，但却很讶异地见到她皱起了眉头。她脸上宛如平静水面出现涟漪般闪现出一种表情。

“有时人会很发神经的——病态。”

他更加惊讶了，很难想象琼会发神经或病态。于是他换个话题说："你知道，我挺羡慕你能去中东旅行。"

"是的，是很有意思。不过我不会想要住在巴格达那样的地方。"

罗德尼若有所思地说："我倒是很想知道沙漠是什么样的。一定相当神奇——空旷，有明亮强烈的阳光。想到那种阳光就让我着迷，可以看得清楚……"

琼打断了他的话，恨恨地说："沙漠可恨极了，很可恨！就只有一片干旱虚无！"

她以锐利、紧张的眼神环顾房间。他心想，就像只想逃跑的动物。

然后她松开了眉头说："那个软靠垫难看死了，旧得都褪色了，我得帮那张椅子换个新靠垫才行。"

他本能地做了个手势要拦阻，接着回心一想。

说到底，为什么不呢？软靠垫褪了色。莱斯莉躺在墓园大理石墓碑下。他和合伙人的律师事务所正在奋进中。农夫霍兹登还在努力筹另一笔贷款。

琼在房里到处走动，摸着一处窗台看有没有积尘，又把一本书放回书架上，移动着壁炉架上的摆饰品。的确，经过六星期之后，这房间看来有点不整洁、有点破旧的样子。

罗德尼轻轻自言自语说："假期结束了。"

"什么？"她猛然转身面对着他，"你刚才说什么？"

他一脸无辜地对她眨着眼说："我说了什么吗？"

"我想你说'假期结束了'。你一定是在打瞌睡而且做起梦来——关于孩子们开学的梦。”

“对，”罗德尼说，“我一定是在做梦。”

她站着狐疑地望着他，然后去把墙上一幅画扶正。

“这是什么？这是新挂的吧？”

“是的，我在哈特雷大减价时买的。”

“哦？”琼狐疑地瞧着那幅画。“哥白尼？有价值吗？”

“我不知道。”罗德尼说，然后若有所思地重复说：“我一点概念也没有……”

什么是有价值，什么是没价值？有“纪念”这种东西吗？

“你知道，我一直在想着哥白尼……”

莱斯莉，轮番承受着丈夫坐牢、酗酒，以及贫穷、病痛、死亡。

“可怜的舍斯顿太太，一辈子过得这么惨。”

但是，他心想，莱斯莉并不惨。她走过了幻灭、贫穷和病痛，有如一个男子汉走过沼泽，经过田地，越过河流，快快活活又迫不及待地要抵达目的地……

他那双疲累但和蔼的眼睛若有所思地看着他太太。

这么聪明能干又忙碌，这么欣然又有成就。他心想，她看来就像还不到二十八岁。

突然，心底涌起的一股庞大的怜悯席卷了他。

他感情强烈地说：“可怜的小琼。”

她瞠目望着他说：“为什么说可怜？而且我也不小了。”

他用惯常的调侃语气说：“我在这里，小琼，要是没人陪我，就只有我一个人。”

她突然冲到他身边，几乎喘不过气来地说：“我不是只有我一个人，我不是只有我一个，我有你。”

“对，”罗德尼说，“你有我。”

但是说这话时，他心里有数，这不是真话。他心想：

你就只有你一个人，而且永远都会是这样。但是，老天保佑，但愿你永远不会知道这点。

特别收录

玛丽·韦斯特马科特的秘密

罗莎琳德·希克斯（Rosalind Hicks，1919–2004）

早在一九三〇年，家母便以“玛丽·韦斯特马科特”（Mary Westmacott）之名发表了第一本小说。这六部作品（编注：中文版合称为爱情小说系列）与“侦探女王”阿加莎·克里斯蒂的风格截然不同。

“玛丽·韦斯特马科特”是个别出心裁的笔名，“玛丽”是阿加莎的第二个名字，韦斯特马科特则是某位远亲的名字。母亲成功隐匿“玛丽·韦斯特马科特”的真实身份达十五年，小说口碑不错，令她颇为开心。

《撒旦的情歌》于一九三〇年出版，是爱情小说系列原著小说中最早出版的，写的是男主角弗农·戴尔的童年、家庭、两名所爱的女子和他对音乐的执着。家母对音乐颇多涉猎，年轻时在巴黎曾受过歌唱及钢琴演奏训练。

她对现代音乐极感兴趣，想表达歌者及作曲家的感受与志向，其中有许多取自她童年及一战的亲身经历。

柯林斯出版公司对当时已在侦探小说界闯出名号的母亲改变写作一事，反应十分淡漠。其实他们大可不用担心，因为母亲在一九三〇年同时出版了《神秘的奎因先生》及马普尔探案系列首部作品《寓所谜案》。接下来十年，又陆续出版了十六部神探波洛的长篇小说，包括《东方快车谋杀案》《ABC谋杀案》《尼罗河上的惨案》和《死亡约会》。

第二本以“玛丽·韦斯特马科特”笔名发表的作品《未完成的肖像》于一九三四年出版，内容亦取自许多亲身经历及童年记忆。一九四四年，母亲出版了《幸福假面》，她在自传中提到：

> “……我写了一本令自己完全满意的书，那是一本新的玛丽·韦斯特马科特作品，一本我一直想写、在脑中构思清楚的作品。一个女子对自己的形象与认知有确切想法，可惜她的认知完全错位。读者读到她的行为、感受和想法，她在书中不断面对自己，却自识不明，徒增不安。当她生平首次独处——彻底独处——约四五天时，才终于看清了自己。
>
> “这本书我写了整整三天……一气呵成……我从未如此拼命过……我一个字都不想改，虽然我并不清楚书

到底如何，但它却字字诚恳，无一虚言，这是身为作者的至乐。”

我认为《幸福假面》融合了侦探小说家阿加莎·克里斯蒂的各项天赋，其结构完善，令人爱不释卷。读者从独处沙漠的女子心中，清晰地看到她所有家人，不啻一大成就。

家母于一九四八年出版了《玫瑰与紫杉》，是她跟我都极其喜爱、一部优美而令人回味再三的作品。奇怪的是，柯林斯出版公司并不喜欢，一如他们对玛丽·韦斯特马科特所有作品一样地不捧场。家母把作品交给海涅曼（Heinemann）出版，并由他们出版她最后两部作品：《母亲的女儿》（1952）及《爱的重量》（1956）。

玛丽·韦斯特马科特的作品被视为浪漫小说，我不认为这种看法公允。它们并非一般认知的“爱情故事”，亦无喜剧收场，我觉得这些作品阐述的是某些破坏力最强、最激烈的爱的形式。

《撒旦的情歌》及《未完成的肖像》写的是母亲对孩子霸占式的爱，或孩子对母亲的独占。《母亲的女儿》则是寡母与成年女儿间的争斗。《爱的重量》写的是一个女孩对妹妹的痴守及由恨转爱——而故事中的“重量”，即指一个人对另一人的爱所造成的负担。

玛丽·韦斯特马科特虽不若阿加莎·克里斯蒂享有盛名，但这批作品仍受到一定程度的认可，看到读者喜欢，母亲很是开心，也圆了她撰写不同风格作品的宿愿。

（柯清心译）

——本文作者为阿加莎·克里斯蒂独生女。原文发表于 *Centenary Celebration Magazine*。